LP 210

www.lenos.ch

Dante Andrea Franzetti

Der Grossvater

Roman

Mit einem Nachwort
von Stefan Gmünder

Lenos Verlag

Der Autor
Dante Andrea Franzetti, geboren 1959 in Zürich, war Autor, Publizist und Dozent. 1985 wurde er durch *Der Grossvater* bekannt und veröffentlichte danach weitere Romane und Erzählungen. Er wurde u.a. mit dem Adelbert-von-Chamisso-Preis (1994) und dem Schillerpreis der Zürcher Kantonalbank (2013) ausgezeichnet. Franzetti war zeitweilig Reporter und Italienkorrespondent verschiedener Zeitungen und lebte zuletzt bei Genua. Er starb 2015 in Zürich.

Der Lenos Verlag wird vom Bundesamt für Kultur mit einem Strukturbeitrag für die Jahre 2016–2020 unterstützt.

Der Grossvater erschien erstmals 1985. Für diese Neuedition wurde der Text vom Autor durchgesehen und an wenigen Stellen leicht verändert. Das Eszett wurde – dem schweizerischen Gebrauch entsprechend – durch ss ersetzt.

LP 210
Zweite Auflage 2019

Satz und Gestaltung: Lenos Verlag, Basel
Umschlagbild: Innocente Salvini
Printed in Germany
ISBN 978 3 85787 810 7

Für L. B.

»Man sollte gewiss mehr Fleiss darauf wenden, das Wissenswürdige seiner Zeit treulich aufzuzeichnen, und es als ein andächtiges Vermächtnis den künftigen Menschen zu hinterlassen. Es gibt tausend entferntere Dinge, denen Sorgfalt und Mühe gewidmet wird, und gerade um das Nächste und Wichtigste, um die Schicksale unseres eigenen Lebens, unserer Angehörigen, unsers Geschlechts, deren leise Planmässigkeit wir in den Gedanken einer Vorsehung aufgefasst haben, bekümmern wir uns so wenig, und lassen sorglos alle Spuren in unserm Gedächtnisse verwischen.

Wie Heiligtümer wird eine weisere Nachkommenschaft jede Nachricht, die von den Begebenheiten der Vergangenheit handelt, aufsuchen, und selbst das Leben eines einzelnen unbedeutenden Mannes wird ihr nicht gleichgültig sein, da gewiss sich das grosse Leben seiner Zeitgenossenschaft darin mehr oder weniger spiegelt.«

Novalis, Heinrich von Ofterdingen

Ma adunare i fatti caratteristici di un'epoca della società e svolgerli in un'azione, approfittare della storia senza pretendere di farle concorrenza, di fare ciò che essa fa meglio: questo mi pare il campo che può tuttora concedersi alla poesia, quello anzi che a lei sola è dato di percorrere.

Alessandro Manzoni, Lettera al Fauriel del 29 gennaio 1821

I

Erinnerungen, Bruchstücke

Das Haus

Nirgends, aber auch nirgends war er zu finden, nicht unter den Zeitungen, nicht unter den frisch gewaschenen Frottiertüchern auf der Kommode, und an der Wand, wo ich ihn doch einmal gesehen hatte, schon gar nicht. Ja, zuerst verschwinden wir von der Erdoberfläche, und dann verschwinden auch die wenigen Spuren, die wir hinterlassen haben. So perfekt und reibungslos wie unsere Moderne vernichtet keine Kultur die Spuren eigener und fremder Vergangenheit.

Er war also nirgends zu finden, für den Augenblick wenigstens, aber allein schon durch die Suche wurden Erinnerungen wach: Der Grossvater lag erst einige Monate unter der Erde, als auch die Grossmutter starb. Mit ihrem Tod begannen die Diskussionen um das Haus.

Neben dem alten Haus meiner Grosseltern stand und steht noch heute eine Fabrik: utensileria, die Werkzeugschlosserei Limolis. Damals wusste ich allerdings noch nicht, was dort eigentlich hergestellt wird. Nicht einmal den seltsamen Namen verstand ich. Mir prägte sich das einfachere Wort utile ein.

Der Besitzer dieser Fabrik, ein gewisser Herr Falcetta, wollte das alte Haus meiner Grosseltern samt Scheune, Hühnerstall und Hühnern für die Summe von 28 Millionen Lire kaufen. Das war schon damals kein Betrag. Aber als Kind kann man sich solche Zahlen kaum vorstellen, höchstens im Vergleich. Man könne damit, sagte man mir, etwa sieben Autos kaufen. Ich weiss nicht mehr, wie ich darauf reagiert habe. Erstaunt wahrscheinlich und gar nicht entsetzt, wie es mir heute lieb wäre. Man hätte sich ja die sieben Autos kaufen können, ohne das alte Haus zu verkaufen. Es war schliesslich auch mein Haus, und ich wollte es nicht weggeben. Meine Schwester war gleicher Meinung. Aber das schien niemanden zu beeindrucken.

Da wurde herumgerechnet, für wie lange, wann und wieviel, zu welchen Bedingungen und Voraussetzungen; Hypothesen wurden aufgestellt und wieder verworfen, bis endlich, nachdem alle Beteiligten die solche Berechnungen immer begleitenden Zänkereien, gegenseitigen Anschuldigungen und Unterstellungen satt hatten, bis endlich das Ergebnis feststand.

Es war zu meinen Gunsten, wie ich feststellte. Der Industrielle bekam das Haus nicht. Zugleich war ich um eine wichtige Erfahrung reicher: Mir wurde zum ersten Mal wirklich bewusst, dass man den Wert einer Sache offenbar *berechnen* kann. Meine Schwester und ich, wir waren im Vorschulalter. Wir konnten noch nicht rechnen. Wir hatten nichts zu sagen.

Wir durften zuschauen. Bäumerammende Bulldozer kamen eines Tages angefahren, eine Stahlkugel wurde an den Kran montiert, Zementsäcke und Ziegel türmten sich neben der Scheune auf, die Arbeiter begannen mit ihrer Arbeit. Seltsamerweise versuchte ich mich dabei auch noch nützlich zu machen. Die Arbeiter mussten über mich lachen, weil ich sie, ohne es zu merken, parodierte. Aber eigentlich lachten sie ja über sich selbst.

Meine Schwester nannte mich Arbeiter. Ich war stolz. Wenigstens jemand, der mich ernst nahm. Wir spielten in jener Bauzeit immer wieder Feierabend: Ich kam abends müde nach Hause, stöhnte und wischte mir mit dem Taschentuch den Schweiss von der Stirn. Luisa nahm mich lächelnd in Empfang. Auf dem Tisch dampfte die Minestrone. Zuerst musste ich mir natürlich die Hände waschen. Unterdessen klopfte Luisa meine staubige Jacke auf dem Balkon aus. Dann wurde gegessen. Nachher setzte ich mich in den Fauteuil vor den Fernseher und zündete mir eine Zigarette an. Luisa spülte die Teller und setzte den Kaffee auf. Dann setzte sie sich zu mir. Wir tranken Kaffee und waren glücklich.

Eines Tages waren keine Arbeiter und Maschinen mehr da. Jetzt erst konnte man wirklich sehen, wieviel sich verändert hatte. Das alte Haus meiner Grosseltern war nun safrangelb. Die Scheune war verschwunden. Ebenso der Hühnerstall, die Hühner, die Reben, die Himbeerstauden. Ich weiss noch, wie dieser Anblick auf mich gewirkt hat. Zuerst war ich erstaunt, dann enttäuscht. Ich war betrogen worden: die Bauarbeiten hatten mich abgelenkt. Nichts würde mehr so sein, wie es immer gewesen war. Jetzt erst wurde mir wirklich bewusst, dass meine Grosseltern tot waren.

Später, viel später, verstand ich, dass der Eingriff rücksichtsvoller gewesen war, als ich es als Kind empfunden hatte. Rücksichtsvoller als in unzähligen anderen Fällen an unzähligen anderen Orten, wo nichts, gar nichts mehr an ein Früher erinnert.

Bis er, und mit ihm die Grossmutter, doch noch zum Vorschein kam, der Grossvater. Ziemlich unverhofft, unter den Prospekten einer Warenhauskette.

Die Fotografie

Da war sie also, die Fotografie meines Grossvaters, die ich vergeblich unter den Zeitungen und Frottiertüchern auf der Kommode gesucht hatte. Ich nahm sie aus dem grünen Rahmen, entfernte den verschmutzten Plastiküberzug. Hinter der Fotografie fand ich eine mit eingestanzten Spinnweben verzierte Karte, auf der rechts oben, kaum mehr leserlich, »Marina« geschrieben stand. Weder auf dieser Karte noch auf der Rückseite des Fotos war eine Jahreszahl. Als ich mit dem Zeigefinger über die Oberfläche der Fotografie fuhr, stellte ich fest, dass sie von einer feinen Fettschicht überzogen war. Der grüne Rahmen war billig und hässlich.

Grossvater und Grossmutter sitzen bei sonnigem Wetter auf der Treppe. Grossmutter schaut weg, Grossvater hingegen lächelt der Kamera ins Visier. Sofort fällt mir die Verwandtschaft zu einem Bildchen auf, das ihn in Uniform zeigt und auf dem er den Betrachter ganz ähnlich zuversichtlich lächelnd anblickt. Wollte man nach den Fotos urteilen, schien für den Grossvater die Welt immer in Ordnung. Doch die Tatsache, dass er bei unserer Abreise – wenn die Ferienzeit vorüber war und wir wieder in den Norden mussten – immer weinte, bewies das Gegenteil. Die Welt war für ihn wohl nicht unbedingt in Ordnung, er schien aber dennoch zufrieden.

Mehr noch als sein zuversichtliches Gesicht bedeuten mir die Hände des Grossvaters auf dieser Fotografie. Klobige, starke Hände voller Schwielen, trotz aller harten Arbeit nicht grob, sondern weich und zärtlich. Auf der Fotografie hat er sie in den Schoss gelegt. Mein Grossvater war einer, der mit der Arbeit Schluss machen konnte, ganz im Gegensatz zur Grossmutter, die weiterarbeitete, rastlos, fieberhaft, in Küche, Hof und Garten, zu allen Tages- und Jahreszeiten, unnachgiebig, unnötig und unsinnig. Mein Grossvater war einer, der, aller Armut zum Trotz, grosszügig sein konnte, zu den anderen und zu sich selbst, während meine Grossmutter sich das Allerselbstverständlichste versagte, niemandem, am wenigsten sich selbst, etwas gönnte und jeden Besucher beschimpfte, der einen Kuchen oder ähnlich unnützes Zeug, roba inutile, mitbrachte. Mein Grossvater war ein golosone – wie sagt man das auf deutsch?

Meine Grosseltern waren, wie die meisten Grosseltern meiner Generation, Kinder einer armen Zeit. Einer Zeit, in die wir uns, wie Heimatlose, auf unseren Reisen in immer entlegenere Gebiete für vierzehn Tage flüchten, als Betrachter immer, wohlversorgt und tausendfach abgesichert. Wie war das damals in Limoli, vor sechzig, siebzig Jahren?

Drei Bilder, an deren Ursprung ich mich nicht erinnere, spuken in meinem Kopf. Erstes Bild: auf dem Platz vor der Kirche treffen sich allabendlich die Jungen, um Boccia zu spielen, darunter Roberto, mein später im Krieg gefallener Onkel. Zweites Bild: wieder Roberto, als neun- oder zehnjähriger Junge, der in einem kleinen Karren Pinsel und Töpfe für den Maler von Limoli einen Hügel hinaufschleppt. Drittes Bild: mein Grossvater auf dem Feld, wie er aus einer Zweiliterflasche Wein trinkt, sie auf den Boden stellt, sich mit der linken Hand über den Mund wischt und sich unter einen Baum legt.

Und alles so vernebelt und verschleiert, als ob es die Erinnerungen eines Achtzigjährigen wären. Erinnerungen meines Grossvaters vielleicht. Der aber sagt nichts, lächelt nur zuversichtlich und einladend auf dieser undatierten, vergilbten Fotografie.

Der Dachboden

Dachkammer, Dachstock, Dachboden … ich wusste es einfach nicht mehr, konnte das Wort nicht finden. Mansarda kam mir in den Sinn, aber das hörte sich so fremd an, passte irgendwie nicht. Ein Freund kam schliesslich mit einem Italienisch-Deutsch-Wörterbuch zu Hilfe:

Dachboden m.

solaio m.

Das war es also, solaio, genau. Ich hatte nicht nur ein Wort wiedergefunden, sondern Jahre meiner Kindheit. Daran habe ich gemerkt, wieviel an den Wörtern hängt. Wörter sind Welten, auch wenn es kitschig klingt.

Solaio: an dieses Wort hängt sich sofort anderes. Da kommt Marco, mein Cousin. Und Luisa, meine Schwester. Schon schleichen wir zu dritt die Treppe hoch zum Dachboden. Wir durften das ja eigentlich nicht, es war zu gefährlich, weil es dort oben auf dem Dachboden keine Fenster, nur viereckige Luken in den Wänden gab. Leicht hätte beim Spielen einer von uns rausfallen können. Dann wäre er tot gewesen. Aber gerade dadurch wurde der heimliche Gang zum Dachboden ein Abenteuer. Vielleicht auch ein kleiner Racheakt gegen die Allwissenheit der Eltern, gegen ihren sonst so absoluten Zugriff, dem man sich für kurze Zeit entziehen konnte.

Wenn man die Tür öffnete, entstand sofort Durchzug. Das wussten wir mittlerweile. Also vorsichtig den Schlüssel zweimal drehen, dann langsam die Klinke nach unten drücken und die Tür gut festhalten. Das war Marcos Aufgabe. Zuerst durfte Luisa hinein. Dann ich. Am Schluss kam Marco, der die Tür wieder behutsam von innen abschloss und den Schlüssel in die Hosentasche steckte. An dieser Reihenfolge änderte sich nie etwas. Erst viel später fiel mir ein, dass Marco ja der älteste von uns war, daher sein Vorrecht, die Tür zu öffnen und abzuschliessen. Und Luisa war ein Mädchen. Deshalb hatte sie immer als erste den Raum zu betreten. Die Frauen bringt man zuerst in Sicherheit, vor den Männern, das wussten Marco und ich schliesslich, so hatten wir es gelernt.

Der Dachboden sah immer gleich aus. Da wurde nichts hinzugefügt oder weggenommen, alles war und blieb an seinem Platz. Das schaffte von Anfang an Vertrautheit. Für den Dachboden schien die Zeit nicht zu existieren, er hatte etwas Unverletzliches, Unsterbliches, Ewiges.

Von den Gegenständen haben sich mir nur wenige eingeprägt. Soviel ich weiss, waren da Äpfel am Boden. Oder Nüsse vielleicht, jedenfalls etwas Essbares. An einer Wand stand ein Paar alte Holzskier. Auf uns wirkte das, soweit ich mich erinnern kann, völlig selbstverständlich. Wir haben die Skier auf den Boden gelegt und Skifahrer gespielt: zuerst jeder einzeln, dann zu dritt. Ganze Berglandschaften flitzten an uns vorbei. Marco, unser Vordermann, capitano, schaute jeweils aus und warnte vor besonders gefährlichen Kurven oder vor einem tückischen Loch. Wir gingen in die Knie, beugten uns, machten uns klein oder setzten zum Sprung an. Immer führte dabei Marco an, wie das dem Ranghöchsten und Dienstältesten – auch das glaubten wir zu wissen – ja zustand.

Und das alles mit dieser kindlichen Selbstverständlichkeit. Vielleicht haben wir auch unseren Grossvater parodiert, dem wir die Skier zuschrieben, einfach andichteten. Der Grossvater war im Ersten Weltkrieg Alpino gewesen. Auf diesen Skiern hatte er doch im Krieg irgendeinen vaterländischen Berg verteidigt. Dank ihm und seinen Skiern hatte Italien schliesslich zu den Gewinnern des Ersten Weltkriegs gehört.

Auf dem Dachboden, unweit von den Spitzen der aufgestellten Skier entfernt, war sogar eine Fotografie von ihm, die ihn in Uniform mit gefiedertem Alpino-Hut zeigte. Zuversichtlich lächelte er uns entgegen. Keiner von uns fragte sich, weshalb er gerade dort hing und nicht in irgendeinem Zimmer, weshalb man ihn auf diesen Dachboden, den eigentlich, trotz der Äpfel und Nüsse, niemand ausser uns betrat, verbannt hatte. Uns war er ja zugänglich, der Grossvater im Dachbodenexil.

Das Gewehr

Zeig es mir doch, zeig es mir doch …

Warte, das ist nichts für kleine Kinder, Gewehre sind gefährlich.

Das konnte mich natürlich nicht abschrecken. Alles, was gefährlich war, schien interessant, ja eigentlich, nur was gefährlich war, faszinierte mich wirklich. Und vielleicht, denke ich heute, wollte er mich nur neugierig machen mit seiner Warnung. Das Gewehr war ja nicht geladen.

Der Grossvater schloss die Tür. Jetzt sind wir unter uns, mag ich wohl gedacht haben, Männersache.

Bring mir diesen Stuhl.

Ich schaute mich um.

Den Stuhl unter dem Fenster.

Also zottelte ich hin, hob den Stuhl und trug ihn zum Grossvater. Das gehörte zu den Abmachungen, war ungeschriebenes Gesetz: dass man immer zuerst eine kleine Mühe auf sich nehmen musste, um etwas von ihm zu bekommen. Er war schliesslich alt, und er wusste es auch.

Der Grossvater stieg jetzt auf den Stuhl und holte das Gewehr vom Schrank herunter. Ich schaute zu ihm auf. Er aber liess sich, wie immer, Zeit.

Ich wartete.

Ich seh ihn noch vor oder vielmehr über mir, in seinen braunen Manchesterhosen und im karierten Hemd, wie er schmunzelnd die Flinte begutachtet. Doch seine Gedanken waren anderswo. Wahrscheinlich weit weg, in irgendwelchen Wäldern, die er mit seinem Spazierstock durchschreitet, die Flinte übergehängt, die Hemdsärmel hochgekrempelt. Ich seh ihn in einer Lichtung haltmachen, Stock und Flinte auf den Boden legen, seh ihn, wie er in die Sonne schaut und sich mit dem Taschentuch den Schweiss abwischt. Jetzt erst setzt er sich hin und ruht aus. An diese langen Spaziergänge, die er immer mit einem oder zwei oder drei Glas Wein in der Cooperativa abschloss, vielleicht auch an den einen oder anderen guten Schuss – ob er überhaupt je geschossen hat? –, an etwas jedenfalls, das ihm und nur ihm gehörte, etwas, das völlig anders war als das Leben zu Hause, wo er immer den Schimpftiraden der geschäftigen Grossmutter und der Tante ausgesetzt war, an dieses Etwas muss er in diesem Augenblick gedacht haben, als er die Flinte in seinen Händen hielt. Deshalb hatte er also sorgsam die Tür geschlossen. Weil diese alte Schrotflinte mehr war als ein gewöhnlicher Gebrauchsgegenstand. Erst jetzt beginne ich das zu verstehen.

Damals, vor gut zwanzig Jahren, interessierte mich allerdings, ob und wann und wieviel Wild er damit geschossen hatte, und vor allem, ob man damit auch einen Menschen töten könne. Sein Gesicht wurde ernst, beinahe finster, dann nickte er. Er setzte sich hin und überliess mir das Gewehr. Sofort zog ich die beiden Schlagbolzen nach hinten, zielte auf ein Bild, die Glühbirne und drückte ab, gleich doppelt, versteht sich. Peng, peng. Du bist tot. Der Grossvater, einen Augenblick erzürnt, nahm mir das Gewehr weg, stieg auf den Stuhl und legte es zurück an seinen Platz auf dem Schrank.

Bleib hier, rief er mir zu, als er sah, dass ich zur Tür wollte, ich will dir eine Geschichte erzählen, eine alte Geschichte, die ist sehr lange her, weisst du, ich war noch jung, dein Vater war noch gar nicht geboren.

Im späten Sommer mag das geschehen sein, oder vielleicht auch im Herbst. Das halbe Dorf ging damals jagen, und für viele war die Jagd nicht ein Zeitvertreib, sondern eine Möglichkeit, zu Fleisch zu kommen. Damals, weisst du, war das Fleisch knapp, und sogar diejenigen, die Tiere hielten, kamen selten zu Fleisch, weil sie die Tiere verkauften. Natürlich gab es auch damals die Herren, die nur so zum Vergnügen jagten, einige hatten sogar ein eigenes Revier, wie Falcetta. Einer von denen, die zum Spass auf die Jagd gingen, war der Dorfarzt. Und die Geschichte, die ich dir jetzt erzähle, ging durch das ganze Dorf; ich weiss nicht, ob sie wahr ist, weil niemand etwas beweisen konnte und weil niemand etwas gesehen hat.

Stell dir also vor, dieser Dorfarzt, den alle nur »den Doktor« nannten, kommt aus dem Haus, ganz früh am Morgen, die Flinte übergehängt, und macht sich auf zum Wald, um Fasane zu jagen, denn er jagte immer nur Fasane, die hatte er besonders gern.

Und zur gleichen Zeit kommt der Müller aus dem Haus, Paolo, weisst du, der Vater des Malers, du kennst ja den Maler. Auch Paolo geht in den Wald, nur von der anderen Seite her, denn die Mühle, wo er wohnte, ist am einen Ende des Dorfes und das Haus des Doktors am anderen.

Der Doktor streift also durch den Wald, sieht vielleicht ein, zwei Hasen, auf die er gar nicht erst schiesst, oder sogar einen Hirsch, auf den er schiesst, aber nicht wegen dem Fleisch, nur wegen dem Geweih, das er dann in seinem Haus aufhängen könnte. Aber wahrscheinlich hat der Doktor an diesem Morgen nichts gesehen, auch keinen Hirsch, und er geht also immer noch weiter in den Wald hinein und hofft, dass ihm ein Fasan vor das Visier läuft. Paolo schiesst in der Zwischenzeit einen Hasen, du wirst schon noch sehen, warum ich das so genau weiss. Paolo dachte vielleicht, das sei sein guter Tag, weil er so früh schon, kaum im Wald, einen Hasen erlegt hat. Vielleicht war es aber auch ganz anders, und er hat den Hasen erst später geschossen und wollte sich auf den Heimweg machen, das weiss ich nicht so genau.

Der Doktor hat wohl immer noch keinen Fasan gesehen und ist vielleicht erzürnt, weil es schon fast Mittag ist. Und weil er unbedingt einen Fasan nach Hause bringen will, weisst du, er prahlte immer mit seiner ruhigen Hand, weil er ja nicht trank, ja, und weil er immer behauptete, der Alkohol mache zittrige Finger, so dass er nicht beliebt war, weil die Männer im Dorf sagten, er wolle ihnen auch noch den Wein wegnehmen, nachdem man seine Rechnungen schon kaum bezahlen könne. Er ist also erzürnt und beginnt auf alles zu schiessen, was sich in den Büschen bewegt, auch wenn es vielleicht nur die Blätter im Wind sind.

Hinter einem solchen Busch stand Paolo. Und siehst du jetzt, mit einem solchen Gewehr kann man auch einen Menschen töten. Der Doktor hat ihn voll in den Bauch getroffen, und Paolo liegt am Boden und schreit vor Schmerz, und der Doktor bekommt jetzt plötzlich Angst. Und dann schreit Paolo nicht mehr, und der Boden ist ganz rot vom Blut.

Man hat ihn dann am nächsten Tag gefunden. Er war tot. In seinem Sack war noch der Hase, den er geschossen hatte. Man hat nie nachweisen können, wer Paolo getötet hat. Weil niemand dabei war und wohl auch niemand gegen den Doktor ausgesagt hätte, weil er ein Freund Falcettas war. Später aber, viele Jahre später, sagt man im Dorf, habe es der Arzt dem Pfarrer gebeichtet.

Doch etwas habe ich dir noch nicht erzählt: Das Seltsame war, dass man Geld in Paolos Jacke fand, so viel, wie er nie auf sich trug, viel zuviel für einen armen Mann. Und im Dorf erzählte man sich, der Doktor habe ihm nicht helfen können oder wollen und habe ihm dann das Begräbnisgeld zugesteckt.

Die Lazertenjagd

»In der Strasse bewegten sich nur wenig Leute, nach Möglichkeit einen Schattenwurf aufsuchend, hin und her, die Glut der sommerlichen Mittagsstunde lähmte das sonst geschäftige Treiben. Dazwischen schritt die Gradiva über die Trittsteine dahin, scheuchte eine goldgrünschillernde Lazerte von ihnen fort.«

Zufällig war mir diese Textstelle beim Durchblättern einer Erzählung der Jahrhundertwende aufgefallen. Ich hatte sie mit Filzstift unterstrichen und dabei das Wort »Lazerte« eingerahmt. Mochte ich schon damals, in der Schulzeit vermutlich, beim Lesen der Stelle den gleichen Gedanken gehabt haben wie Jahre später, als mir das Buch Jensens – so hiess der Autor – zufällig in die Finger geriet? Lazerte, lucertola – die beiden Wörter ähneln sich sehr. Ich begann, die Eidechsen für mich »Lazerten« zu nennen, es entsprach mehr meiner Vorstellung von diesem kleinen flinken Tier.

Damals, in Limoli, gingen wir oft Lazerten jagen: Marco, mein Cousin, Luisa, meine Schwester, und ich.

Erst später merkte ich, dass diese Jagden in seltsamem Widerspruch zu den Erzählungen des Grossvaters standen, in denen er immer mit Abscheu und Trauer über das Jagen und Töten sprach. Wir mochten das zwar gespürt haben – es hielt uns aber nicht davon ab, selbst auf die Jagd zu gehen. Dazu hatten wir uns Lazerten ausgesucht. Die Aufgabe war knifflig und deshalb spannend.

Marco und ich, wir hatten uns in stundenlanger Arbeit Steinschleudern angefertigt. Luisa war unser Warner, sie hatte die Lazerten zu sichten, damit wir im richtigen Augenblick unsere Steine losschleudern konnten. Diese Arbeitsteilung war für Marco und mich völlig selbstverständlich. Für Luisa wohl weniger. Immer wieder bat sie mich um meine Steinschleuder, immer wieder wollte sie aufgenommen werden in unseren Kreis, ohne Unterschied. Vergeblich. Wir liessen sie nicht.

Wie das Spiel mit den Skiern auf dem Dachboden war auch die Lazertenjagd verboten, weil zu gefährlich. Die Eltern hatten uns mahnend daran erinnert, dass wir uns beim Spielen mit den Steinschleudern gegenseitig verletzen könnten.

Trotzdem schlichen wir immer wieder der Mauer bei der alten Mühle entlang – dort wo der Maler Limolis wohnte, von dem wir noch nichts wussten –, leise stellten wir uns, jeweils mit einem Meter Abstand voneinander, Luisa in der Mitte, vor die Mauer hin. Dann hiess es ruhig bleiben und warten. Es konnte lange dauern, bis überhaupt eines dieser Tierchen auftauchte, und oft kehrten wir enttäuscht zurück, ohne auch nur einen Schuss abgegeben zu haben. Zuweilen aber tauchte eine Lazerte auf, streckte vielleicht nur gerade den Kopf aus einer Mauerritze heraus und verschwand wieder, erschreckt durch Luisas Geschrei. Oder das *goldgrünschillernde* Tierchen rannte der Mauer entlang und verkroch sich blitzschnell in einem Loch. Marco und ich, wir kamen selten zum Schuss, und wenn wir dazu kamen, ging er daneben. Wir waren zu langsam, kamen nicht an gegen das flinke Tier, das sich um uns gar nicht zu kümmern schien.

Bis wir dann einmal trafen. Die Lazerte war sofort von der Mauer auf die Strasse gefallen und wand sich zuckend im Schmerz. Sogar ein bisschen Blut war zu sehen. Luisa schrie auf, stampfte mit den Füssen auf dem Boden herum und hielt sich die Hände vors Gesicht, während Marco und ich, ratlos die Achseln zuckend und verlegen grinsend, uns gegenseitig anschauten. Dann rannte Luisa davon. Wir wollten sie zurückhalten, denn sie ging sicher heulend zum Grossvater, um ihm alles zu erzählen, um uns zu verraten und sich so dafür zu rächen, dass wir ihr in unseren Spielen immer nur die Nebenrolle zudachten. Dann kommt es auch nicht mehr darauf an, mögen wir uns gesagt haben, dann bringen wir eben die Lazerte nach Hause und pflegen sie wieder gesund.

Aber wer sollte dieses rauhe, schuppige Tier anfassen? Und wie sollte man es fangen, solange es sich vor Schmerz wand? Einer schob es dem andern zu: du. Nein du. Nein du. Bis wir beschlossen, das Tier liegen und verenden zu lassen.

Als wir zu Hause ankamen, erwartete uns schon der Grossvater, der Luisa auf seinen Knien sitzen hatte. Wir rechneten damit, ausgeschimpft zu werden. Statt dessen winkte er uns zu sich heran, zeigte auf die Bank – und begann uns eine seiner Geschichten zu erzählen.

Der Aufstieg

An eine dieser Geschichten des Grossvaters kann ich mich besonders gut erinnern. Sie handelte vom Maler im Dorf und von Roberto, meinem Onkel, den ich nie kennengelernt habe.

Alle nannten ihn nur »den Maler«, sagte der Grossvater. Roberto, dein Onkel, hat ihm, als er so klein war wie du, vor mehr als vierzig Jahren war das, Pinsel, Farben und Leinwand auf einem kleinen Karren über die Felder gezogen. Ich sehe sie noch vor mir, der Maler voran, Roberto einige Schritte zurück, wie er den Karren zieht, immer wieder nach hinten schaut, ob noch alles da, nichts unterwegs verlorengegangen ist.

Der Maler hat sogar ein Bild davon gemalt, von diesem Aufstieg auf einen nahen Hügel, das solltest du sehen, ganz rot ist es. Und Roberto und der Maler sind auch rot auf diesem Bild, er vorne, aufrecht, und Roberto hinten, gebückt, wie er den Karren zieht und nur mühsam vorankommt, weil es so steil ist und der Karren so schwer. Und alles ist rot – Karren, Himmel, Boden, Bäume. Es ist ein schreckliches Bild, vor dem man Angst bekommt, und Roberto sieht darauf schon beinahe erwachsen aus, obwohl er damals so klein war wie du.

Ich habe es selbst oft genug erlebt, diese mühsamen und erniedrigenden Aufstiege, die einem den Schweiss ins Gesicht treiben, wenn man nur langsam, Schritt um Schritt, vorankommt, weil sich alles in einem sträubt.

Obwohl in Wirklichkeit der Aufstieg auf diesen Berg – auf diesen Hügel, der im Bild aussieht wie ein Berg – doch harmlos war und der Karren für Roberto auch nicht zu schwer. Ja, und die Pinsel, die Farbtuben auf dem Karren, die Leinwand – das waren immer riesige Stücke, breiter als du gross bist und mehr als doppelt so gross wie du, die kaum auf dem Karren Platz hatten und die man mit Stricken festmachen musste, und vielleicht wirkt darum das Bild so schrecklich, weil es noch grösser ist als ich, und alles darauf rot, wie Blut.

Das war in den ersten Jahren, als er so gemalt hat: auch die Menschen, seine Mutter oder seinen Bruder. Er hat viele Bilder von seiner Mutter und seinem Bruder gemalt, das waren sehr fromme Menschen, seine Familie, auch sein Vater, der auf der Jagd umkam, und sie sehen auch immer sehr fromm aus auf diesen Bildern, fast wie Heilige, obwohl es Bauern waren oder Müller.

Aber das rote Bild von Robertos Aufstieg ist anders, und vielleicht hat es mir darum immer angst gemacht.

Ich erinnere mich, wie sie ihre Sachen zusammenpakken, auch das Brot und den Wein, und wie sie sich auf den Weg machen und langsam den Berg hinaufsteigen. Weisst du, der Karren war ja nicht schwer, und Roberto hatte gar keine Mühe, ihn zu ziehen, aber seit dem roten Bild sehe ich immer Roberto vor mir, wie er sich abquält, dieser kleine Junge, wie er versucht, Schritt zu halten mit dem viel grösseren Schritt des Malers, und der Maler geht voran, gerade so schnell, dass Roberto mit Müh und Not den Abstand halten kann.

Auf dem Bild sieht es so aus, auch wenn es ganz anders gewesen ist. Weisst du, das war auf vielen Bildern so, dass alles ganz anders war als in Wirklichkeit. Die Farben, die Häuser, die Landschaft. Auf einem Bild hat er unsere Kirche gemalt, und darum herum, wo doch alles grün ist, eine Wüste, ganz rot und ausgedörrt von der Hitze, und zwei drei kahle Bäume, wie verkohlt, und den Himmel hellgrün. Ja, und auch die Menschen konnte man nicht immer erkennen, weisst du, auf dem roten Bild sieht der kleine Roberto schon ganz alt aus, und der Maler hat gar kein Gesicht, keine Augen und keinen Mund, das ist alles ganz rot, wie ausgebrannt.

Da gehen sie also den Berg hinauf, und es ist Mittag, im Sommer, in der glühenden Hitze, und rundherum sieht alles wie Wüste aus, tot und abgestorben, und die Bäume sind verkohlt, und der kleine Roberto zieht den Karren und schwitzt, weil es so heiss ist, und alle seine Glieder sind angespannt, weil der Karren so furchtbar schwer ist, und Roberto ist müde und muss doch den Karren weiterziehen, und jeder Schritt ist wie ein Tod, und seine Beine sind schon ganz schwer, und ihm ist schwindlig von der brennenden Mittagssonne, schon fällt er um – nein, er zieht den Karren weiter, muss ihn weiterziehen und versteht nicht, weshalb gerade er hier hinaufsteigen muss, wo der Boden so steinig ist und ihm unter den Füssen brennt, und er geht trotzdem weiter, immer weiter, obwohl er doch gar nicht will. Wie auf einem langen Marsch. Wie im Krieg.

So sieht es aus, auf dem blutroten Bild, weisst du, und Roberto ist dann auch im Krieg gestorben. Heute vor genau einundzwanzig Jahren.

Grossvater und Grossmutter

Der Grossvater war ein grosser Erzähler, so habe ich ihn in Erinnerung.

Erzählen: Reden, Nichtstun, dem Herrgott den Tag stehlen – so nannte es meine Grossmutter. Bei ihr musste alles Tat sein, und schnell, ohne Zeitverlust. Die Arbeit, die sie ein Leben lang tagein, tagaus hinter sich gebracht hatte, hatte sie hart gemacht, gegen den Grossvater und gegen sich selbst. Als sie vierzehn war, starb ihre Mutter, von da an übernahm sie, als älteste Tochter, ihre Aufgaben. Sie hatte, noch bevor sie ihre eigenen neun Kinder grosszog, vier Jahre lang schon sieben andere, ihre Schwestern und Brüder, versorgt. Man konnte ihr keinen Vorwurf daraus machen, dass sie so geworden war.

Natürlich, als wir klein waren, Luisa, Marco und ich, wussten wir das nicht und hätten es auch nicht verstanden. Wenn der Grossvater, der sich von ihr tagtäglich vorwerfen lassen musste, er sei ein Taugenichts, nur weil er es jetzt, mit mehr als achtzig Jahren, etwas gemütlicher nahm, wenn er zu ihrer Entschuldigung jeweils sagte: Sie hat viel gearbeitet in ihrem Leben, zuviel, dann zuckten wir wohl die Schultern. Wir konnten uns wenig vorstellen unter zuviel Arbeit.

Ich kann mich noch erinnern, wie ich, an einem jener langweiligen Herbstnachmittage, an denen es regnete und wir draussen nicht spielen durften, wie ich in die Küche geschlichen war und mich, ohne ersichtlichen Grund, in einer Nische neben dem Kamin verkrochen hatte. Die Grossmutter war dabei, die Küche zu putzen, als der Grossvater, zurück von seinem Spaziergang, eintrat und sich an den Tisch setzte. Beide schwiegen. Der Grossvater starrte die auf dem Tisch gestapelten Teller und Tassen an. Dann begann er zu pfeifen. Sofort verzog die Grossmutter das Gesicht und murrte vor sich hin. Der Grossvater pfiff weiter. Die Grossmutter murmelte etwas Unverständliches. Sie konnte warten.

Der Grossvater begann mit den Fingern der einen Hand auf der Tischkante den Takt zu seinem Liedchen zu schlagen, mit der anderen schob er die Tassen auf dem Tisch hin und her. Die Grossmutter, die gerade den Putzlappen auswrang, schaute aus den Augenwinkeln zum Grossvater hinüber, der sich nichts anmerken liess oder tatsächlich nichts merkte und lächelnd weiterpfiff, weiterklopfte und weiter Tassen herumschob. Ich hielt den Atem an. Ich muss wohl gemerkt haben, dass etwas in der Luft lag. Ich kauerte mich noch mehr in meiner Nische zusammen, um nicht im letzten Augenblick entdeckt zu werden.

Bis der Grossvater zu pfeifen aufhörte und, sich mit beiden Händen auf den Tisch stützend, aufstand und dabei mit der linken Hand eine der Tassen vom Tisch stiess. Jetzt, jetzt endlich legte die Grossmutter los, zeterte und schrie, dass sich ihre Stimme überschlug, schimpfte den Grossvater einen alten Taugenichts, der zu nichts zu gebrauchen sei und alles kaputtmache, was er in die Finger nehme. Wie ein Schuljunge, der vom Lehrer ausgeschimpft wird, stand der Grossvater da und sagte nur immer wieder: ja, ja, bückte sich und begann die Scherben einzusammeln. Die Grossmutter zeterte noch immer – ich verstand schon lange nicht mehr, was sie sagte –, als die Tante in die Küche trat, zuerst den Kopf schüttelte, dann die Hände zusammenklatschte und ausrief: Gibt es denn so etwas, hat der Alte schon wieder etwas kaputtgemacht.

Jetzt, dachte ich, jetzt würde er sich doch endlich wehren, das war schliesslich seine Tochter, die so mit ihm redete, jetzt würde er doch etwas sagen und dem Geschrei ein Ende machen. Der Grossvater aber stand da, mit den Scherben in der einen Hand, zuckte die Schultern und ging hinaus. Die Grossmutter rief ihm noch irgend etwas nach, schüttelte den Kopf und fauchte die Tante an: Was stehst du da rum? Was stehst du da rum?, worauf sich die Tante umdrehte und die Küche verliess. Jetzt war ich alleine mit der Grossmutter. Als sie mir den Rücken zuwandte, schlich ich hinaus.

Grossmutter, so muss ich wohl gefolgert haben, liebte Grossvater nicht mehr – denn dass sie sich einmal geliebt hatten, stand für mich ausser Zweifel. Die beiden redeten einfach nicht mehr miteinander. Dabei lohnte es sich doch, dem Grossvater zuzuhören. Doch ihn nahm niemand ernst.

Nur wir, meine Schwester Luisa, mein Cousin Marco und ich, nur wir hörten ihm zu.

Das Angebot

Als ich die Treppe hochstieg, stell dir diese Treppen in Palästen vor, sagte der Grossvater, weisser Marmor, die Tür aus Kastanienholz, in meinem Sonntagsanzug, dem einzigen, den ich hatte, Mütze in der Hand, als ich die Treppe hochstieg, langsam, bei jeder Stufe mehr und mehr zögernd, aufblickte zur Tür, ein Portal eher, und ich hier unten.

Dein Vater war gerade erst geboren, vor mehr als vierzig Jahren war das, damals, als ich hinaufstieg zu Falcetta, dem ich meine starken Arme verkauft hatte.

Dein Vater sang in der Schule die Hymne, nicht für die Heimat, sondern für Falcetta, denn Falcetta war die Heimat, ihm gehörte das Dorf, in der Kirche lobte man nicht den Herrn, sondern Falcetta, denn er war der Herr, er war allmächtig.

Und niemand vermochte etwas gegen diesen Mazzarò. So war das damals. In diese Zeit hinein wurde dein Vater geboren. Und er hätte hart werden können deswegen, denn wer viel Unrecht erduldet hat, duldet oft nichts mehr. Versteht auch nichts mehr.

Als ich also die Treppe hochging, der Marmor spiegelte den Schweiss in meinem Gesicht, dieser reine weisse Marmor, und meine Füsse verweigerten den Schritt.

Schon dein Vater wird das nicht mehr verstehen. Er ist herausgewachsen aus dieser Zeit. Und er hätte überheblich werden können deswegen. Denn wer weit wegfährt von zu Hause, kennt bei seiner Rückkehr oft die Eltern nicht mehr.

Und dein Vater ist früh weg von zu Hause. In das Land, in dem du geboren wurdest.

Als ich schon in der Mitte war, kurz stehenblieb, um mir mit dem Taschentuch den Schweiss abzuwischen, da fiel mir auf, wie weiss auch die Wände waren im Palast der Falcetta, makellos weiss, und da hab ich es am deutlichsten gespürt, viel deutlicher als je während der Arbeit, das Unrecht.

Ich wusste nicht, was Falcetta von mir wollte, stand vor dem Portal, Mütze in der Hand, Kopf gerade, trotz aller Furcht, doch als ich wieder an den Marmor, die weissen Wände dachte, da wusste ich: meine Stimme wollte er. Nur so konnte er mich zum Sprechen bringen, in seinen eigenen vier Wänden, unter vier Augen. Während der Arbeit, auf der Baustelle, sprach ich nie, nickte nur, wenn der Aufseher oder Falcetta mir Befehle gaben, nicht zustimmend, nur eine kleine Bewegung im Genick. Genauso hatte mein Vater, dein Urgrossvater, den Vertrag unterschrieben, gefühllos hatte es gewirkt, meine Mutter weinte, doch mein Vater durfte nicht weinen und wusste doch, was sein Name auf dem Papier bedeutete, und auch ich schwieg, damals und später noch, unsere Familie hat mit den Falcetta nichts gemein.

Und ich schwieg, als dein Vater ging, um in der Fremde zu arbeiten. Fünfzehn Jahre war er alt. Seither ist er nicht zurückgekehrt. Du wirst das nicht verstehen.

Und ich schwieg, als ich vor ihm stand, vor Falcetta, brauchte auch gar nicht zu sprechen, das erledigte er. Doch ich hatte die Angst verloren, denn was hätte er jetzt gegen mich vermocht, selbst wenn er mich entliess, was hätte er vermocht gegen meine starken Arme? Und ich sagte mir, wenn er mich entlässt, erwürge ich ihn. Denn meine Arme können für dich arbeiten, sie können dich aber auch töten. Doch was hätte es genützt? Wer hätte seine drei Söhne erwürgt, die an seine Stelle getreten wären?

Ich schwieg und hörte mir an, was er zu sagen hatte. Dass ich stark sei, willig arbeite, ohne Widerrede, dass ich vernünftig sei, wie es ja auch mein Vater damals gewesen sei, dass ich sein Angebot annehmen werde, weil er es gut mit uns meine, weil er kein Unmensch sei.

Er wollte mehr als meine Stimme, er wollte meine Zustimmung.

Als ich den Palast der Falcetta verliess, da wusste ich, dass ich es nicht annehmen würde, sein Angebot. Und er kam nie wieder darauf zurück. Und ich schwieg weiter.

Es gab genug andere, die Aufseher werden wollten. Und sie wurden es auch. Aber unsere Familie hat mit den Falcetta nichts gemein.

II

Stationen, Episoden

Altersgenossen

Du wurdest 1885 in Limoli geboren. Im selben Jahr kamen der Maler Innocente, der Doktor und Falcettas erster Sohn zur Welt. Alle Kinder der gleichen Zeit, und doch erwartete dich ein anderes Leben als den Doktor oder Falcettas ersten Sohn. Von Anfang an waren die Unterschiede klar. Der Doktor kam tatsächlich als Doktor zur Welt: als Sohn eines Arztes – jenes Arztes, der auf der Jagd den Vater des Malers erschossen hatte – würde auch er Arzt werden. Falcettas Sohn würde in die Fussstapfen des Vaters treten – grosse Fussstapfen, die Spuren hinterliessen. Innocente, als Sohn eines Müllers, wäre ebenfalls Müller geworden, hätte man nicht bald seine Fähigkeiten erkannt und ihn malen lassen. Und du? Als Sohn eines Bauern wärst du Bauer geworden. Aber damals waren Maurer gesucht. Also wurdest du Maurer.

Von deinem Leben weiss ich wenig. Ich erinnere mich an einige deiner Erzählungen, an einzelne Szenen, Bilder. Es sind bruchstückhafte Erinnerungen, die in meine Kindheit zurückreichen. Als du starbst, war ich sechs Jahre alt. Mehr als zwanzig Jahre ist das her. Zwischen dir und mir liegen siebzig Jahre. Das sind Welten.

Es geht mir nicht darum, deine Biographie zu schreiben, dein Leben lückenlos nachzubilden, Jahr um Jahr, Monat um Monat, Steinchen um Steinchen, wie in einem Mosaik. Ich habe eine bestimmte Vorstellung von dir, von dieser Vorstellung will ich ausgehen und sehen, welche Geschichten zu dir passen. Du warst ja selbst ein grosser Erzähler.

Nur schriebst du deine Erzählungen nicht auf. Du wärst auch zu langsam gewesen, so wie du schriebst. Zittrig und verschnörkelt. Deine Unterschrift sah aus, als hättest du Minuten gebraucht, um zwei Wörter, Name und Vorname, auf ein Papier zu schreiben. Ich weiss, so schreiben alte Leute, die in ihrem Leben selten mit Papier und Tinte umgegangen sind. Wärst du im Schreiben geübt gewesen, stelle ich mir vor, dann hättest du sicher einige deiner Erzählungen aufgeschrieben. Weshalb ich das glaube? Nun, du bewundertest zeitlebens Innocente, der sein Ausdrucksmittel gefunden hatte: die Malerei. Alles, was ihn bewegte, alle seine Phantasien und Wünsche, alle seine Ängste bannte Innocente, der Maler von Limoli, auf die Leinwand.

Wenn du wüsstest, was man aus Innocente gemacht hat. Er ist jetzt, zehn Jahre nach seinem Tod, berühmt. Seine Bilder kosten Unsummen, die wertvollsten sind in einem Safe in der Bank deponiert. Ein Museum hat man ihm gebaut. Zur Eröffnung kamen sogar zwei Parlamentsabgeordnete, die Innocente immer schon gekannt und verehrt haben wollten. In ihren Reden übertrafen sie sich mit Superlativen. Ein bedeutender Maler sei er gewesen, ein grosser Künstler, der Limoli, ja das ganze Tal, in dem Limoli liegt, auf seinen Bildern verewigt habe.

Für dich war Innocente ein Freund. Ihr gingt zusammen zur Schule, ihr traft euch später in der Cooperativa, oft schautest du ihm beim Malen zu. Du standest ihm sogar einmal Modell, als Schweinehirt. Das Bild gehört jetzt den Falcetta. Es hängt über dem riesigen Esstisch in ihrem Bankettsaal. Die Erben deines Arbeitgebers schauen dich bei ihren Festgelagen gleichgültig an. Für sie ist das Bild eine Investition.

Noch über den Tod hinaus bleibst du mit den Falcetta, mit denen du zeitlebens nichts gemein hattest, verbunden.

Auch im Haus des Doktors hängt ein Bild von Innocente. Es ist das Bild von der Kirche in der ausgedörrten Wüste, das du mir einmal beschrieben hast. Der Doktor, der ja ebenfalls mit dir zur Schule ging, hat das Bild kurz vor Innocentes Tod als Kommunionsgeschenk für seine jüngere Schwester gekauft, noch im gleichen Jahr, als es entstand: 1907. Ich kann mir vorstellen, dass die Schwester anfänglich wenig begeistert war von diesem Geschenk. Wäre sie heute noch am Leben, dächte sie vermutlich anders darüber.

So verknüpfen sich langsam in meinem Kopf die Erinnerungen an deine Erzählungen. Und wie der Maler an deiner Stelle und für dich ausdrückte, was du tagtäglich erlebtest, dachtest oder vielleicht nur spürtest, so will ich versuchen, mich schreibend Erlebnissen und Gedanken zu nähern, die du gehabt haben könntest.

Der Fahrradkauf

»Als ich die Treppe hochstieg, stell dir diese Treppen in Palästen vor, weisser Marmor, die Tür aus Kastanienholz, in meinem Sonntagsanzug, dem einzigen, den ich hatte, Mütze in der Hand, als ich die Treppe hochstieg …«

So hattest du es mir erzählt. So hattest du deinen Aufstieg zu Falcetta erlebt, sein Angebot, Aufseher zu werden, kurz vor dem Ersten Weltkrieg mochte das gewesen sein. So hätte es aber auch dein Vater erzählen können, der schon zehn Jahre früher zu Falcetta hatte gehen müssen. Aus ganz anderen Gründen.

Du hattest Geld gespart. Seit du vom Handlanger zum halben Maurer – mezzomuratore – aufgestiegen warst, verdientest du etwas mehr als vorher. Natürlich immer noch unwahrscheinlich wenig für unsere Begriffe.

Zwei harte Stunden musstest du arbeiten, um dir ein Kilo Brot kaufen zu können. Vorher, als du noch Handlanger warst, waren es sogar drei. Die Preise stiegen, insbesondere der Brotpreis, doch dein Lohn blieb immer gleich: vorher vier Jahre lang als Handlanger, jetzt zwei Jahre lang als halber Maurer. Es würde noch vier Jahre dauern, bis du Maurer wärst – dazwischen lagen drei Jahre Militär – und noch weitere fünf, bis du dort angelangt wärst, wo du hinkommen wolltest: zur Stellung eines ersten Maurers. Falcettas Angebot, Aufseher zu werden, würdest du weitere vier Jahre später ablehnen. Die Aufseher waren für dich Hunde, die ihr Fell dem Besitzer – und in Limoli gab es nur einen – verkauft hatten und für etwas mehr Lohn bereit waren, ihre eigenen Genossen zu schinden. Du dachtest das jedenfalls, hütetest dich aber davor, es offen auszusprechen. Es hätte ja nichts genützt, glaubtest du und hattest das Schicksal jenes Handlangers vor Augen, der entlassen worden war, weil er in einem Wutanfall einen Aufseher geschlagen hatte. Dabei hatte der Aufseher den Handlanger provoziert. Dir konnte so etwas nicht passieren, schweigsam und geduldig wie du warst.

Du hattest also Geld gespart. Die Jahre vorher waren entbehrungsreich gewesen. Du hattest auf jedes Vergnügen verzichtet, sogar auf den Toscano, den du zu rauchen gewohnt warst, um mit dem, was von deinen Abgaben an deine Eltern übrigblieb, ein Fahrrad zu kaufen. Du warst damals gerade zwanzig geworden. Ein Fahrrad: das bedeutete für dich ein Stück Freiheit. Mit einem Fahrrad war man schneller als zu Fuss. Selbst grössere Strecken waren zu bewältigen. Du stelltest dir Sonntagsausflüge im Sommer vor, in denen du den Weizenfeldern entlangfuhrst, bei strahlendem Sonnenschein. Es war Frühling. Im selben Frühling, einige Wochen zuvor, hatte in der Hauptstadt ein anderer Kauf stattgefunden. Es war dort nicht um ein Fahrrad gegangen, sondern um ein Auto – eigens von Frankreich hatte man es kommen lassen, und der Käufer war nicht Maurer wie du: es war Falcettas Sohn, dein Altersgenosse, der allerdings in nichts, ausser dem Alter, dein Genosse war. Eure Wege mussten sich kreuzen.

Und sie kreuzten sich auch, am Tag deines Fahrradkaufs. Du befandest dich auf dem Heimweg vom Nachbardorf. Stolz tratest du in die Pedale, lächeltest in den blauen Himmel und atmetest die frische Luft. Im Dorf würde man Augen machen, wenn du mit deinem neuen Fahrrad angefahren kämst und die Leute vom Sattel herab grüssen würdest. Ich stelle mir vor, dass du einen Augenblick lang glücklich warst, dort oben auf dem Sattel deines Fahrrads. Als du die Steigung zum Dorf hinauf in Angriff nahmst, hörtest du ein Knattern und Röhren, das noch weit weg sein musste. Das Geräusch kam dir seltsam vor, du hattest es zuvor noch nie gehört. Zu beschäftigt warst du aber damit, die Kurven auf dem Kiesweg zu bewältigen, um zurückzuschauen. Plötzlich wurde das Geräusch lauter und dröhnte in deinen Ohren.

Es verging ein Augenblick, und du lagst am Boden.

Du warst aus deiner Bahn geraten. Das Auto hatte dich gestreift. Erst jetzt schautest du auf und sahst das feuerrote Fahrzeug, das immer kleiner wurde, bis es hinter einer Kurve verschwand. Den Fahrer hattest du nicht erkannt. Du standest auf und bemerktest, dass deine Hose zerrissen war und dein Knie blutete. Wenigstens hatte das Fahrrad nichts abbekommen. Das letzte Stück bis zum Dorfplatz gingst du, das Fahrrad neben dir herschiebend, zu Fuss.

Auf dem Dorfplatz standen Kinder und Erwachsene um Falcettas Auto herum. Dich und dein Fahrrad beachtete niemand. Du standest da und schautest zu, wie immer mehr Leute aus den Häusern kamen und auf den Dorfplatz zuschritten, um das rote Wunderding zu bestaunen. Der eine berührte das Steuer, vorsichtig, als ob die Maschine jeden Moment losbrausen könnte, ein anderer strich mit dem Zeigefinger der Karosserie entlang, während ein

Mädchen die Buchstaben auf der Tür des Wagens zu entziffern versuchte: D-I-O-D-A-T-A. Falcetta junior stand daneben, die rechte Hand auf dem Kühler aufgestützt, in Siegerpose.

Auch du nähertest dich, um dir Diodata anzusehen. So, sagte der junge Falcetta, haben wir uns also ein Fahrrad gekauft?

Du standest schweigend vor ihm und sahst ihm in die Augen. Falcetta grinste: Dein Knie blutet, die Hosen sind schon ganz rot. Bist du umgefallen?

Noch immer standest du schweigend vor ihm. Ja, ein Fahrrad lenken, ohne dabei umzufallen, das ist schon ein besonderes Kunststück. Die Leute schauten dich an und lachten.

Ein noch grösseres Kunststück ist es natürlich, mit einem Auto einen Radfahrer umzufahren, nicht wahr, Falcetta? Die Stimme kam von der anderen Strassenseite. Alle drehten sich um und sahen Innocente, den Dorfmaler, der Falcetta herausfordernd anblickte.

Einen Augenblick lang war alles ruhig, bis Falcetta zu schreien begann: Was geht dich das an? Kümmere dich lieber um deine Pinsel und Farbtuben, sonst wirst du noch sehen ... Innocente rückte lächelnd seinen Hut zurecht und fragte: Was werde ich sehen? – Du spielst dich hier nur auf. Du hältst dich für etwas Besseres. Du bist ja ein Künstler. Aber deine Bilder, Innocente, die versteht niemand. Man könnte meinen, du seist farbenblind. Du bist ein Narr. Wärst du Maurer, wie der da – Falcetta zeigte auf dich –, würdest auch du das Maul halten.

Das war das einzige Mal, dass du die Geduld verlorst. Du machtest zwei Schritte vorwärts und versetztest dem jungen Falcetta einen Schlag ins Gesicht. Dann drehtest du dich um und gingst zu Innocente auf die andere Strassenseite. Ihr wusstet beide, was der Preis für die Ohrfeige sein würde.

Zu Hause angekommen, warst du missmutig und traurig. Wie solltest du die bevorstehende Entlassung deinen Eltern beibringen? Entlassen würdest du ja bestimmt, noch am nächsten Morgen. Du erklärtest, wie es zum Vorfall gekommen war, doch deine Eltern gaben dir unrecht. Du musstest dir anhören, dass du die Familie ins Elend stürzen würdest, jetzt, wo es ohnehin nicht mehr gut gehe, nachdem man zwei Drittel der Felder Falcetta habe verkaufen müssen. Deiner Mutter kamen die Tränen, dein Vater schlug dich ins Gesicht. Als seine Hand auf deiner Wange aufklatschte, in diesem Augenblick, spürtest du den Unterschied zwischen dir und dem Maler, von diesem Augenblick an begannst du ihn zu bewundern und zu beneiden: Innocente, der sich von niemandem schlagen lassen musste, der in einer anderen Welt zu leben schien und doch vieles gemeinsam hatte mit dir und den Arbeitern, den Bauern im Dorf.

So kam es also, dass sich dein Vater, mein Urgrossvater, noch am nächsten Tag zu Falcetta bemühen musste, um ihn zu bitten, dich nicht zu entlassen.

Nachdem man ihm die Tür aus Kastanienholz geöffnet hatte und er vor dem alten Falcetta stand, stellte sich heraus, dass der junge Falcetta dem alten den Vorfall verschwiegen hatte und dieser, obwohl das ganze Dorf von deiner Ohrfeige sprach, nichts davon wusste und auch nichts davon wissen wollte.

Du behieltest deine Stelle als mezzomuratore und durftest weiterbauen am zweiten Haus der Falcetta, das für den jungen Falcetta bestimmt war. Die Ohrfeigen behieltest du in Erinnerung. Vor allem die deines Vaters.

Rosa

Rosa: sie war alles andere als schweigsam und bescheiden. Selbstbewusst stampfte sie durch die Gegend und wusste auf jede Frage eine Antwort. Ansonsten sprach sie aber nicht viel. Doch wenn sie sprach, dann war ihr Tonfall sehr bestimmt und liess keine Zweifel, keine Widersprüche zu. Sie konnte schon damals hart sein. Keiner ihrer Verehrer, den sie früher oder später nicht ihre Verachtung hätte spüren lassen. Sie wirkte sehr anziehend auf Männer, wollte aber nichts mit ihnen zu tun haben.

Rosa: ihre engen Kleider liessen die Konturen der Hüften und Brüste klar erkennen. Ansonsten war sie aber in keiner Weise aufgeputzt, im Gegenteil, alles an ihr wirkte natürlich: ihre nervösen Bewegungen, ihr helles Lachen, ihre laute Stimme, ihre Kraft, ihre nie ermüdende Energie. Viele im Dorf waren verliebt in sie oder hätten zumindest gern mit ihr geschlafen. Innocente schwärmte von ihrem Körper, doch sie wollte sich um keinen Preis nackt malen lassen. Sie war schön und intelligent, manchmal konnte sie auch verbohrt sein.

Rosa: sie schien ihre Umwelt, und insbesondere die Männer, für die harte Arbeit bestrafen zu wollen, die sie tagtäglich zu erledigen hatte. Seit ihre Mutter gestorben war, führte sie den Haushalt, versorgte sie ihren Vater, ihre Brüder und Schwestern. Während ein Maurer, wie du, zehn Stunden am Tag arbeitete, war sie tagein, tagaus achtzehn Stunden auf den Beinen, putzte und schrubbte, erledigte die Einkäufe, kochte und wusch ab, bestellte den

Garten, wickelte die Kleinsten und kümmerte sich um die Tiere.

Rosa: sie war dein Gegenteil. Bei ihr war alles Tat, musste es sein. Sie schaute niemals zurück, hatte keine Zeit dazu. Was vorbei war, war vorbei. Du aber konntest dich von der Vergangenheit nicht lösen. In euch beiden, in dir und in Rosa, war im Keim schon angelegt, was ihr fünfzig Jahre später sein würdet: sie eine enttäuschte alte mürrische Frau, die nichts mehr sprach, höchstens noch schimpfte; du ein Geschichtenerzähler, der über sein Leben nachdachte und laut auszusprechen begann, was er früher verschwiegen hatte.

Lange hattest du dich nicht um Rosa gekümmert. Wenn du sie antrafst, grüsstest du sie, sie grüsste zurück, dabei blieb es. Gerade dein gleichgültiges Verhalten hinterliess in Rosa Spuren. Sie, die es gewohnt war, auf ihren Einkaufsgängen von jedem aufgehalten zu werden, sie, nach der sich die Männer auf der Strasse umdrehten, um ihr nachzupfeifen, war neugierig geworden auf dich. Mit dir hätte sie gerne zwei drei Worte gewechselt, dich hätte sie gerne kennengelernt.

Ein anderer deiner Altersgenossen hatte ein Auge auf sie geworfen: der Sohn des Arztes und zukünftige Arzt. Keine Gelegenheit liess er aus, um Rosa seine Zuneigung zu zeigen. Er lud sie zu Ausflügen ein, überbrachte ihr Geschenke, die sie hartnäckig ablehnte. Wollen Sie mich endlich in Ruhe lassen, hatte sie ihm einmal gesagt. Suchen Sie sich doch eine Frau in Ihren eigenen Kreisen. Er hatte heftig den Kopf geschüttelt. Dich, Rosa, nur dich will ich.

Magst du mich denn überhaupt nicht? Rosa hatte gelacht. Was soll ich an Ihnen finden? Schauen Sie doch in den Spiegel. Der zukünftige Herr Doktor war wie ein geschlagener Hund abgezogen. Und genau wie einen Hund behandelte ihn Rosa auch.

An einem Sonntag, nach der Messe, sprach sie dich an: Du hast dir ein Fahrrad gekauft. Ja, antwortetest du, und noch am gleichen Tag fährt mich der junge Falcetta mit seinem Auto über den Haufen.

Jeden anderen hätte Rosa vermutlich ausgelacht, dich blickte sie verständnisvoll an und schüttelte den Kopf: Und dann? – Dann habe ich ihn ins Gesicht geschlagen. – Richtig so, sagte Rosa, man darf sich von diesen Blutsaugern nicht alles gefallen lassen. Die anderen Leute drehten sich nach Rosa um und schauten sie missbilligend an. Rosa kümmerte sich nicht darum. Du zogst sie beiseite, ihr entferntet euch von den anderen, überquertet den Kirchplatz und setztet euch auf ein Mäuerchen vor dem Friedhof. Man muss vorsichtig sein mit solchen Reden, sagtest du. Du schautest Rosa in die Augen, dann wurdest du rot.

So etwa stelle ich mir deine erste Begegnung mit Rosa vor. Dir zitterten die Hände, du hattest ein flaues Gefühl im Magen, du wusstest nicht mehr, was du sagen solltest. Eine Weile war Stille zwischen euch. Rosa nahm eine deiner Hände und schaute sie an: Du hast grosse starke Hände, Maurerhände. – Ja, sagtest du, zehn, zwölf Stunden Mörtel und Backsteine schleppen, jeden Tag, sechs Tage in der Woche, da wird man stark mit der Zeit. – Stark und hart, sagte Rosa. – Hart nicht, ich nicht. Du wurdest wieder rot. Es war das erste Mal, dass du mit einem Menschen so sprachst.

Mein Vater hat auch ein Fahrrad, sagte Rosa unvermittelt. Du verstandest die Anspielung nicht. Sie half nach. Und heute ist ein schöner Tag, und ich fahre gerne Fahrrad. Du hattest begriffen. Lässt dich dein Vater denn fort? fragtest du. Rosa lachte: Meinst du, ich frage ihn. Wenn ich schon den ganzen Tag für ihn schufte, darf ich mir wenigstens am Sonntag einen Ausflug erlauben. Also nach dem Mittagessen auf dem Platz. Sie stand auf und stampfte davon.

Als ihr von eurem Ausflug zurückkamt, hattet ihr miteinander geschlafen. Für dich war es das erste Mal. Für den Rest des Abends warst du abwechselnd benommen und erregt. Plötzlich begannst du vor dich hin zu pfeifen, schobst die zum Abwasch bestimmten Gläser auf dem Tisch herum, standest auf, gingst vor die Tür. Da lag es vor dir, das Maisfeld, dahinter die Himbeerstauden, rechts davon die Wiese mit den Reben, links davon der Hühnerstall, der Feigenbaum. Die Hände in den Hosentaschen, liefst du das kleine Grundstück ab, das deiner Familie nach dem Verkauf an die Falcetta geblieben war. Du standest still und schautest zum Himmel auf: eine sternklare Nacht. Du warst davon überzeugt, dass du Rosa heiraten würdest.

Dann musstest du ins Militär. Du warst als Alpino ausgehoben worden. Rosa verabschiedete sich von dir. Ein anderer hatte auf diesen Augenblick schon lange gewartet.

Es war der zukünftige Herr Doktor. Er hatte sich Rosas Vater vorgestellt und ihm die Heirat schmackhaft gemacht.

Er hatte ihm vorgeschwatzt, wie später das Geld rollen würde, beim Ärztemangel in der Gegend, dass für ihn und Rosa bei seinen Eltern gut gesorgt sein würde, dass sie sich noch eine Haushälterin zulegen würden – und schliesslich, dass er Rosa liebe, ohne Rosa nicht sein könne, mit Rosa der glücklichste Mensch sein würde.

Rosa, wäre sie anwesend gewesen, hätte vermutlich gelacht über den jungen Herrn Doktor und sein *Rosa, Rosa, Rosa.* Sie hatte sich in den Kopf gesetzt, einen anderen zu heiraten, einen Maurer, der stolz war auf seine Arbeit, der stark war und trotzdem zärtlich – dich, der du gerade die ersten Wochen deines dreijährigen Militärdienstes hinter dich gebracht hattest, dich und nur dich.

Als sie vom Einverständnis ihres Vaters mit dem zukünftigen Herrn Doktor erfuhr, schäumte sie vor Wut. Sie schrie, nannte den Vater einen Zuhälter, drohte, ihn zu verlassen, die Arbeit niederzulegen, sich umzubringen, falls er sie zur Heirat zwinge.

Umbringen würde sich aber nicht Rosa, sondern der mittlerweile zum Arzt ausgebildete junge Herr Doktor. Seine Eltern hatten ihm die Heirat verboten, sie hatten für ihn eine andere Frau ausgesucht, die Tochter eines Bauherrn aus dem Nachbardorf. Als er von Rosas bevorstehender Heirat mit jenem aus dem Dienst zurückgekehrten Maurer erfuhr, erhängte er sich. Du und Rosa, ihr hörtet an eurem Hochzeitstag davon. Die Reichen, sagte Rosa, erhängen sich aus Liebeskummer. Wir haben andere Sorgen. – Hast du kein Mitleid mit ihm? fragtest du. Nein, antwortete Rosa. Hätte ich ihn aus Mitleid heiraten sollen? Du verneintest.

Rosa hatte recht, und doch spürtest du am Tonfall ihrer Worte, wie hart sie sein konnte.

Und dieser Eindruck bestätigte sich später mehr und mehr. Rosa war dir überlegen. Du warst ihr zu bedächtig, zu gemütlich auch. Du entzogst dich ihrem Unmut, du schwiegst dich aus. Man sah es ihr nicht an, aber sie verzweifelte an deiner Schweigsamkeit, an deiner inneren Zufriedenheit. Du konntest wie eine Mauer sein, an der alles abprallte und nichts hängenblieb. Rosa rannte immer wieder gegen dich an, wie sie vorher gegen ihren Vater, gegen alle Männer angerannt war, erfolglos. Bis sie aufgab und sich in die Betriebsamkeit ihrer täglichen Arbeit zurückzog, bis sie mit der Zeit eine spöttische Nachahmung von sich selbst wurde, arbeitete, um der Arbeit willen, rastlos, unnachgiebig, unnötig und unsinnig.

Eure Verschiedenheit ergänzte sich nicht, sie führte euch jeden Tag mehr auseinander. Bis ihr eines Tages nicht mehr miteinander spracht. Und so habe ich euch, dich und die Grossmutter, auch in Erinnerung.

Innocente

Die Jahre vergingen. Mittlerweile warst du vom mezzomuratore zum Maurer aufgestiegen, dann zum ersten Maurer – die Falcetta waren zufrieden mit dir. Du hattest geheiratet und lebtest mit Rosa im Haus deiner Eltern. Das erste Kind war zur Welt gekommen, das zweite unterwegs. Du warst jetzt neunundzwanzig. Von deinen Altersgenossen waren, nach dem Tod des jungen Arztes, nur noch Innocente, der Maler, und Falcettas erster Sohn übriggeblieben.

Seit jenem Fahrradkauf hatte sich dein Weg mit Falcettas erstem Sohn nicht mehr gekreuzt. Von weitem sahst du ihn manchmal auf der Baustelle. Er war mittlerweile zur rechten Hand seines Vaters geworden, überwachte die Arbeiten, gab den Aufsehern Anweisungen und kümmerte sich um die Verwaltung. Dir schien er aus dem Weg zu gehen, als müsste er sich vor dir fürchten.

Mit Innocente hingegen trafst du dich immer wieder. Ihr wurdet gute Freunde. Du sprachst von deinen Erfahrungen auf dem Bau, er zeigte dir seine Bilder und erklärte sie dir.

An einem Sonntag standest du ihm Modell, als Schweinehirt. Im siebzig Jahre später erstellten Katalog von Innocentes Werken steht jedenfalls unter dem Bild: »Schweinehirt mit Schweinen, 1914, 185 × 225 cm«. Das Bild zeigt dich an einen Baum gelehnt, die linke Hand an der linken Wange, den rechten Arm schlaff am Körper herabhängend. Die Schweine im Hintergrund scheinen dich nichts anzugehen, als ob Innocente nicht habe vergessen können, dass da ein Maurer steht und kein Schweinehirt. Du stehst also da, schweigend und nachdenklich, den Blick am Bildbetrachter vorbei in die Ferne gerichtet, dein gelbes Haar verschmilzt mit den ebenfalls gelben Blättern einer Eiche im Hintergrund, die rotbraunen Hosen gehen konturlos in den Boden über, auf dem die Schweine stehen, die sich vom Betrachter abwenden und ihm ihr rotes Hinterteil zeigen. Was im Schatten liegt auf diesem Bild, erscheint grünlich oder bläulich, dort wo die Sonne hinscheint, leuchtet alles in einem penetranten Gelb.

Als du das fertige Bild einige Wochen später sahst, warst du wie geblendet von den vielen Farben. Dich selbst erkanntest du kaum wieder. So hatte Innocente dich also gemalt.

Sahst du wirklich so aus? Aber auch die Farben, dachtest du, stimmten ja nicht.

Die Welt ist da, sagte Innocente, es ist sinnlos, sie zu wiederholen. Siehst du, ich male die Dinge nicht, wie sie sind, sondern wie ich sie sehe. – Siehst du die Dinge wirklich so? Im Dorf sagen sie, du seist farbenblind.

Innocente lachte. Nein, ich bin nicht farbenblind. Ich deute nur die Wirklichkeit, statt sie einfach abzumalen. Ich bin ja nicht der einzige.

Du stauntest. Malt man heute so? magst du gedacht haben, malt man die Dinge nicht mehr, wie sie sind? In Deutschland, erklärte dir Innocente, hätten Maler begonnen, mit den Farben Versuche anzustellen, ein Maler zum Beispiel habe gelbe Pferde gemalt mit grüner Mähne, und die Landschaft im Hintergrund sei blau, auch blaue und rote Rehe im Wald habe dieser Maler gemalt, ein anderer habe Bilder gemacht, auf denen die Menschen keine Gesichter haben, nur gelbe oder rote Flecken, und einer habe badenden Frauen die Haare blau gefärbt, es gebe sogar Bilder, auf denen die Formen kaum mehr erkennbar seien, und die schrien vor grellen Farben. Die Maler in Deutschland, die so malen, sagte Innocente, sind Töchter und Söhne von gebildeten Leuten, Ingenieuren, Bankiers, Professoren, fast alle Städter, darum gibt es auch so viele Stadtbilder, Bilder, in denen die Menschen ziel- und planlos, wie gehetzt, durch die Strassen eilen, und links und rechts beugen sich die Häuser vor und bedrohen die Menschen, in den Lüften hallen Schreie, Stürme ziehen auf, Eisenbahnen fallen von den Brücken …

Hast du auch solche Bilder gemalt? fragtest du. Innocente schüttelte den Kopf. Stadtbilder habe ich keine gemalt, ich bin kein Städter, ich bin nur ein Müller, der den Pinsel zur Hand genommen hat. – Und Bilder, auf denen man keine Formen erkennt? fragtest du weiter. Innocente kramte zwischen den an den Wänden gestapelten Leinwänden ein Bild hervor und hielt es dir hin. Du sahst darauf eine Landschaft in grellen Gelb- und Rottönen, mit Mühe erkanntest du einen dürren dunkelbraunen Baum im Vordergrund und den gelben Himmel. Der Rest des Bildes bestand aus Drei- und Rechtecken in den verschiedensten Rottönen, die sich ergänzten. Das Bild gefiel dir, ohne dass du den Grund hättest nennen können. In diesen Farben spiegelten sich die hügeligen Landschaften um Limoli, Spätsommer-, Herbstlandschaften, Kastanienbäume, Mais und Weizen. Du standest wie betäubt vor dem Bild.

Warum malt man so? fragtest du.

Vielleicht weil die Welt immer komplizierter, immer unverständlicher wird. Weil man sich nur noch einen flüchtigen Eindruck von der Welt verschaffen kann, weil man nicht mehr alles sehen, verstehen kann. Hier im Dorf scheint alles noch einfach: Falcetta Falcetta Falcetta. Ihnen gehört beinahe alles: das Bauunternehmen, die Felder, die Tiere, sogar diese Mühle, von der unsere Familie lebt, gehört ihnen, wir sind nur Pächter, und auch ihr habt eure Felder verkaufen müssen …

Du dachtest an die Zeit zurück, als dein Vater den Vertrag unterschrieben hatte, schweigend und entschlossen, gefühllos hatte es gewirkt. Der Bruder deines Vaters, dein Onkel, war krank geworden. Dein Vater übernahm die Verpflichtung, für seine Kinder zu sorgen. Die Kosten für den Arzt – jenen Fasanenjäger – und für die Arznei brauchten die Ersparnisse auf, ohne dass dein Onkel Anzeichen einer Besserung zeigte. Sein Zustand blieb unverändert.

Langsam hatte seine Krankheit begonnen. Zuerst bemerkte er ein Schwächegefühl im rechten Arm, zuweilen ein seltsames Kribbeln, oft hatte er das Gefühl, der Arm sei eingeschlafen, gehöre gar nicht mehr zum Körper. Eines Morgens stand er auf – der Arm war gelähmt. Der Doktor wusste keinen Rat. Seine Mittel halfen nichts. Dein Onkel versuchte weiterzuarbeiten, so gut es eben ging mit einem Arm. An einem Nachmittag fiel er auf dem Feld in Ohnmacht. Seither lag er gelähmt im Bett.

Da schlug der alte Falcetta zu. Lange genug hatte er warten müssen, lange genug hatte er Absagen von deinem Vater eingesteckt. Jetzt waren die Früchte reif. Dein Vater war inzwischen überall verschuldet: beim Müller, Innocentes Vater, der noch im selben Jahr auf der Jagd umkam, beim Bäcker, beim Arzt, beim Apotheker. Falcetta drückte den Preis. Dein Vater gab nach.

Sechzig Jahre später würde ein Falcetta versuchen, den letzten Teil des Grundstücks deiner Familie samt Hühnerstall und Hühnern aufzukaufen, um sein Fabrikareal zu erweitern. Aber das würdest du nicht mehr miterleben. Das geschah ein gutes Jahr nach deinem Tod, zwei Monate nach dem Tod deiner Frau, Rosa, meiner Grossmutter.

Hier, fuhr Innocente fort, geht natürlich alles viel langsamer als in den Städten. Aber du wirst sehen, mit der Zeit wird sogar in Limoli alles komplizierter werden, keiner wird mehr wissen, wo er steht, jeder wird Herr sein und Knecht, die Falcetta werden zunehmen, es wird kleine und grosse Falcetta geben, die alle in die gleiche Richtung stürmen …

Du verstandest Innocentes Worte nicht. Kleine und grosse Falcetta? Mit den Falcetta in die gleiche Richtung stürmen? Zufrieden sein mit den Brosamen, die von ihren Tischen fallen?

Am Morgen zierte ein Bild die Fassade des Gemeindehauses von Limoli. Alle ranntet ihr auf den Platz vor dem Gemeindehaus, um das Bild zu sehen. In grellen Gelb- und Rottönen starrten euch drei Fratzen entgegen, eingefallene, fleischlose Gesichter, wie Totenschädel, die Augen rot blitzend, das Maul zu einem hämischen Grinsen verzogen, die gelben Zähne weit hervorstehend. Breitbeinig standen die drei Gestalten da, in ihren schwarzen Anzügen, und schauten verächtlich über eine Menschenmenge hinweg, die ihnen protestierend zu Füssen lag. Erhobene Fäuste waren da zu sehen, schreiende Gesichter, ein Transparent, dessen Schriftzüge ihr nicht entziffern konntet. Im Hintergrund saht ihr die im Bau befindliche Fabrik, die utensileria, die neue Werkzeugschlosserei Limolis. Drohend streckten sich die spitzen Dächer in den Himmel, in dem glühendrote Sonnen sich gegenseitig verfolgten. Auf einer dieser Sonnen sass eine kleine weissglänzende Figur, einem Engel ähnlich, die ein riesiges Schwert über den Köpfen der drei Männer in den schwarzen Anzügen schwenkte. Und jetzt erkanntet ihr auch die drei Männer: in der Mitte, etwas grösser als die anderen zwei, stand der alte Falcetta, zu seiner Rechten sein Sohn, zu seiner Linken der alte Doktor – Vater jenes jungen, der sich umgebracht hatte –, nunmehr seit einigen Jahren Bürgermeister von Limoli. Und das Volk da unten, das wart ja ihr selber, ihr, die das Bild anschautet. Und auch die Soldaten erkanntet ihr, jene grünen Männer, die ihre Gewehre auf euch gerichtet hielten. Riesengross war da ein Weltuntergang dargestellt, ein Tag des Jüngsten Gerichts. Nur einer konnte das gemalt haben, in einer einzigen Nacht, in jener Nacht nach jenem legendären Tag Limolis.

Vergeblich würde man heute jenes Bild im Katalog von Innocentes Werken suchen. Die Soldaten, noch immer in Bereitschaft, beritten und bewaffnet, lösten die Zusammenrottung vor dem Gemeindehaus in wenigen Minuten auf. Sofort waren sie mit dem Mörtel zur Hand und verputzten die Wand, tilgten den Schandfleck. Noch am selben Morgen wurde Innocente verhaftet.

Dies geschah wenige Tage nach deinem fünfunddreissigsten Geburtstag, im Jahr, als Roberto, dein vierter Sohn, zur Welt kam. Du, Rosa, deine sechs Kinder, ihr hattet den Ersten Weltkrieg einigermassen schadlos überstanden. Du warst zwar eingezogen und an die Front geschickt worden, gleich in der ersten Woche bohrte sich aber ein Granatsplitter in dein linkes Bein. Du wurdest hinter die Front verlegt. Das war dein Glück. Die Verletzung heilte schnell aus, du bliebst dennoch kriegsuntauglich. Deine inzwischen siebenköpfige Familie musste dich nicht entbehren. Natürlich, in jener Zeit hattest du keine Arbeit als Maurer, nirgends wurde mehr gebaut. Ihr lebtet vom kleinen Flecken Land, der euch geblieben war, und von den wenigen Tieren, die ihr hieltet. Nicht allen war es so ergangen. Manche Frau hatte ihre Familie alleine durchbringen müssen, während der Mann für die Ehre des Vaterlands an der Front war. Dazu begann sich in Europa eine Grippeepidemie ihren grausamen Weg zu bahnen, der Millionen von Menschen zum Opfer fielen, im kleinen Limoli waren es an die hundert.

Doch nun war der Krieg vorüber, und Falcetta beschloss den Bau einer für die Verhältnisse von Limoli riesigen Werkzeugschlosserei. Das bedeutete Arbeit für viele, auch für dich. Du wurdest wieder als erster Maurer eingestellt. Sogar aus der Hauptstadt kamen Maurer, um sich um eine Stelle bei Falcetta zu bewerben. Einer von ihnen war dein zehn Jahre jüngerer Cousin Ferruccio, einer der Söhne jenes todkranken Onkels, dessen Familie dein Vater für einige Jahre versorgt hatte.

Von Ferruccio erfuhrst du noch am Abend nach dem ersten Arbeitstag von den Verhältnissen in der Stadt.

Dort gab es nicht nur einen Arbeitgeber wie in Limoli, dort liessen gleich Dutzende von Unternehmern Dutzende von Gebäuden bauen: Fabriken, Wohnhäuser, Paläste, Villen. Ferruccio hatte in fünf Jahren dreimal den Arbeitgeber gewechselt. Die Zeiten waren gut, Maurer waren gesucht, also arbeitete Ferruccio dort, wo man ihn am besten bezahlte. In der Stadt waren viele Arbeiter in Gewerkschaften zusammengeschlossen. Vereint versuchten sie, ihre Lebens- und Arbeitsbedingungen zu verbessern. Ferruccio erzählte dir auch von den Streiks, vor allem von jenem grossen Streik, der einen ganzen Monat gedauert hatte, einen Monat voller Entbehrungen und voller Verzweiflung. Schon nach der ersten Woche wussten die meisten Maurer nicht mehr, wovon sie leben sollten. Und doch hielten sie aus, bis die Unternehmer endlich nachgaben und die Löhne erhöhten. Ferruccio war dabeigewesen, Ferruccio hatte mitgekämpft für den Fortschritt, für die Gerechtigkeit, für die Freiheit. Seine Augen glänzten, als er die drei Wörter aussprach: Fortschritt, Gerechtigkeit, Freiheit.

An jenem Abend, als du mit Ferruccio in der Cooperativa sasst, konntest du nicht ahnen, wie verbissen er an diese drei Wörter glaubte. Du hörtest ihm zu, aber du antwortetest nicht, du schwiegst dich aus, wie du es schon so viele Male getan hattest. Wie lange noch würdest du schweigen? Wie lange noch würdest du an das Schicksal glauben und nicht an die Menschen? Ferruccio glaubte an die Menschen. Er wurde zehn Minuten nach Innocente verhaftet.

Als du von der Verhaftung Ferruccios und Innocentes erfuhrst, warst du wie vor den Kopf geschlagen. Zum ersten Mal begann sich etwas in dir zu bewegen. Du spürtest einen Stoss, wie damals, als du den jungen Falcetta ins Gesicht geschlagen hattest. Jetzt musstest du etwas tun, dachtest du, jetzt konntest du dich nicht mehr davonschleichen, wie du es gestern getan hattest. Gestern: du warst nicht dabeigewesen, als sich die Maurer Limolis vor der Villa der Falcetta trafen, um gegen die tiefen Löhne zu protestieren. Du warst nicht mitmarschiert, du hattest nicht mitgeschrien, hattest kein Transparent gemalt. Du hattest nicht miterlebt, wie plötzlich bewaffnete Soldaten auf die Menge losritten, um die Demonstration aufzulösen. Du warst zu Hause geblieben. Jetzt konntest du nicht mehr warten, jetzt musstest du etwas tun, wenigstens einen Versuch wagen.

Wieder stiegst du jene weissen Marmortreppen hoch, wieder im einzigen Anzug, den du hattest. Doch diesmal kamst du unaufgefordert, diesmal hattest *du* mit Falcetta zu sprechen, nicht *er* mit dir. Und wenn er dich nicht hereinliess, dann ...

Er liess dich herein. Lächelnd sass er auf seinem Lederstuhl, hinter einem grossen leeren Schreibtisch aus Eichenholz, lächelnd hiess er dich Platz nehmen. Ihr schautet euch in die Augen. Nur heraus mit der Sprache, sagte er, nur Mut. Was willst du? Du zögertest immer noch. Dann sagtest du: Sie müssen dafür sorgen, dass man Innocente und Ferruccio freilässt. Sie haben nichts Schlechtes getan. Falcettas Gesicht nahm einen verdutzten Ausdruck an: So, muss ich das? Hast du dich also auf ihre Seite geschlagen? Verteidigst gemeine Aufwiegler, die nichts anderes wollen als Unruhe stiften? Weisst du überhaupt, was gestern vorgefallen ist? Du nicktest. Und da verlangst du von mir, dass ich mich für diesen Ferruccio einsetze, diesen Drahtzieher aus der Stadt, der euch gegen mich aufhetzt, und für Innocente, diesen Schmierer, der sich in alles einmischt, was ihn nichts angeht?

Falcetta, der sich immer mehr nach vorne gebeugt hatte, lehnte sich wieder zurück in seinen Lederstuhl. Sein Gesicht nahm einen melancholischen Ausdruck an, du glaubtest schon, er würde sich besinnen. Als du den günstigen Moment nutzen, deine Bitte erneut und mit anderen Worten vortragen wolltest, fiel er dir ins Wort. Von Anfang an hatte ich ein ungutes Gefühl, als ich diesen Ferruccio einstellte. Ich hatte Mitleid mit ihm, das war ein Fehler. Die Gutmütigen werden immer für ihre Güte bestraft. Das hätte ich wissen müssen. Es ist ja bekannt, was in letzter Zeit in den Städten vorgefallen ist. Die Maurer aus der Stadt sind nicht aus dem gleichen Holz wie ihr. Die haben sich den Kopf verdrehen lassen von diesen neuen Ideen. Auch Ferruccio ist einer von denen, die an Luftschlösser glauben. Und nach und nach, jeden Tag ein bisschen, hat er euch diese Ideen eingeträufelt, wie schlechten Wein, bis ihr betrunken wart. Am nächsten Morgen kommen dann die Kopfschmerzen. An den Kopfschmerzen erkennt man den Wein, merk dir das, und auch Ferruccio sollte sich das merken. Ich weiss Bescheid über alles, was vorgefallen ist, auch über eure Versammlungen. Von der Gerechtigkeit hat Ferruccio gesprochen, nicht wahr? Und vom Fortschritt, und dass man sich nicht begnügen soll mit dem, was man hat, dass einem nichts geschenkt wird auf dieser Welt, dass man immer kämpfen müsse für die eigenen Interessen. Und von der Freiheit, die ohne Gerechtigkeit nicht möglich sei. Gerechtigkeit – gerecht ist nur Gott, kein Mensch darf Gerechtigkeit fordern. Kämpft doch gegen Gott, *er* hat diese Welt geschaffen, nicht ich, *er* hat euch an euren Platz gestellt, nicht ich. Gott stellt jeden Menschen an seinen Platz, dort hat er zu bleiben und seine Pflicht zu erfüllen. Damit müssen wir uns abfinden. Vor Gott sind wir alle gleich: *das* ist die Gerechtigkeit, eine andere gibt es nicht und wird es nie geben.

Triumphierend sah dich Falcetta an, für so schlüssig, für so unwiderlegbar hielt er seine Lehre. Jetzt hättest du etwas entgegnen müssen, aber dir kam nichts in den Sinn. Du sasst da und schautest auf den Boden. Vielleicht dachtest du sogar, dass Falcetta eigentlich recht hatte, so verführerisch war es doch, daran zu glauben, dass Gott alles so gewollt habe, dass nichts zu ändern sei, dass jeder Mensch sich in sein Schicksal fügen müsse, ob es ihm passte oder nicht.

Falcettas Gesichtsausdruck wurde wieder melancholisch. Seufzend fügte er hinzu: Aber, siehst du, wir sind keine Unmenschen, niemand weiss das besser als du. Ferruccio wird mit ein paar Monaten Haft davonkommen. Wenn er nachher den schlechten Wein seinlässt, bin ich bereit, ihn wieder einzustellen. Er braucht nur mit der gleichen Verbissenheit, die er bisher gegen uns verwendet hat, mit uns zu arbeiten. Es wäre alles so viel einfacher. Von *unserem* Wein bekommt er keine Kopfschmerzen, das kannst du ihm ausrichten.

Als die Tür aus Kastanienholz hinter dir zuging, kamst du dir dumm vor. Du hättest wissen müssen, dass es keinen Sinn hatte, mit Falcetta zu sprechen. Sprechen – das war kein Gespräch, das war eine Predigt, Falcettas Predigt. Hart musste man sein, hart und verbissen wie Ferruccio, das begriffst du jetzt, sonst erreichte man nie etwas. Aber du warst nicht hart.

Und wolltest es auch nicht werden.

Rosa, deine Frau, hätte an deiner Stelle anders gehandelt. Sie hätte nicht aufgegeben, sondern wäre, nach dem misslungenen Versuch mit Falcetta erst recht, zum Bürgermeister gegangen. Der hatte schliesslich die Soldaten angefordert, um die Versammlung vor der Villa der Falcetta aufzulösen. Der hatte auch vor dem Richter auszusagen. Und seine Aussage würde Gewicht haben. Je nachdem, ob er die gesamte Verantwortung auf Ferruccio schieben oder ob er sie auf alle Arbeiter verteilen würde, musste das Urteil härter oder milder ausfallen. Einen einzelnen zu bestrafen war einfacher als eine ganze Gruppe. Rosa hätte das bedacht. Sie hätte auch nicht davor zurückgeschreckt, auf diese alte Jagdgeschichte zurückzugreifen, ob es nun stimmte oder nicht, dass Falcetta damals die Schwätzer zum Schweigen brachte, die erzählten, der Doktor habe Innocentes Vater bei der Jagd umgebracht. Sie hätte sich gewehrt, verbissen und unnachgiebig, wäre nicht einfach dagesessen, wie du, und hätte auf Einsicht und Mitleid gehofft. Man darf sich von diesen Blutsaugern nicht alles gefallen lassen, hatte sie einmal gesagt. Als du dich auf den Heimweg machtest, hallte dieser Satz in dir nach.

Innocente wurde einige Tage später wieder freigelassen. Der Doktor hatte sich allem Anschein nach für ihn eingesetzt. Im Dorf wertete man das als Schuldbekenntnis. Ferruccio aber blieb hinter Gittern. Vergeblich hattest du um Erlaubnis ersucht, ihn besuchen zu dürfen. Die Arbeit auf dem Bau nahm ihren gewohnten Gang – mit einem Mann weniger. Dir kam es so vor, als sei Ferruccio gestorben, seine Abwesenheit schien niemanden etwas anzugehen. Überhaupt herrschte eine bedrückende Stille: in der Cooperativa gingen sich die Arbeiter aus dem Weg. An die Ereignisse, die zur Festnahme Ferruccios geführt hatten, schien sich keiner mehr erinnern zu können. Und wenn er keine Arbeit mehr findet, dachtest du, wer wird ihm dann helfen? Es muss etwas geschehen – aber gleichzeitig fühltest du auch, dass du schwer warst wie Blei, dass du dich nicht bewegen konntest. Zwischen Worten und Taten liegt das Meer – dir kam dieses alte Sprichwort in den Sinn.

Ferruccio fand nach seiner Entlassung in Limoli tatsächlich keine Arbeit mehr. Lieber wolle er ein Leben lang Wasser trinken, bevor er vom Wein der Falcetta auch nur nippe, sagte er dir. Du nicktest. Was willst du jetzt tun?

fragtest du. Zurück in die Hauptstadt. Ich werde schon irgendwo unterkommen, mach dir keine Sorgen. – Wenn du in Schwierigkeiten bist, kannst du immer zu mir kommen. Wir lassen dich nicht im Stich. – Ich danke dir.

Als du dich von Ferruccio verabschiedetest, warst du überzeugt davon, dass du ihn nie wiedersehen würdest. Du täuschtest dich.

Zurigo

Um 18 Uhr 12, mit dreissigminütiger Verspätung, fuhr dein Zug auf Gleis 10 im Hauptbahnhof Zürich ein. Der Hauptbahnhof hatte damals zehn Geleise. Drei Jahre später, bei deiner Wegfahrt von Zürich, zurück nach Limoli, würden es vierzehn sein. Auf dem letzten Gleis kamst du an, auf dem letzten Gleis würdest du wieder abfahren. Als du aus dem Zug stiegst, konntest du das natürlich nicht wissen. Alles, was du wusstest, war, dass der Hauptbahnhof umgebaut wurde. Wie dieser Umbau vor sich zu gehen hatte, war Sache der Planer. Du warst Maurer.

Verloren standest du auf dem Bahnsteig. Es war kalt hier, du schlugst dir den Kragen der Jacke hoch. Du suchtest den Zettel, auf dem deine neue Adresse stand. Ohne diesen Zettel, dachtest du, wärst du verloren, kein einziges Wort Deutsch sprachst du, schon das Wort »Zürich« auf den Tafeln hattest du kaum entziffern können. Es war kalt, und du frorst an den Händen. Du fandest den Zettel nicht. Du hattest Angst.

Dabei war der Zettel in deiner Brieftasche. Du hattest schon den ganzen Koffer durchwühlt, als es dir einfiel. Jetzt kam dir auch die Adresse wieder in den Sinn: Zürich, Stationsstrasse 21, Georg Wyss. Innocente, der ein bisschen Deutsch sprach, hatte es dir sogar übersetzt und daneben geschrieben: Zurigo, Via della Stazione 21, Giorgio Bianchi. Du nahmst den Koffer und gingst zur Schalterhalle. Dort zeigtest du dem erstbesten deinen Zettel und liesst dir grob die Richtung weisen, in die du zu gehen hattest. Wie-di-kon, Wie-di-kon, versuchtest du dir einzuprägen.

Zürich war im Vergleich zu Limoli eine Grossstadt. Überall Lichter, die dich blendeten, Strassenbahnen und Autos, die dich erschreckten, und Leute – überall Leute. Dir kamen Innocentes Worte von den deutschen Stadtbildern in den Sinn: die gehetzten Menschen, die wie ziellos durch die Strassen eilen, die Geräusche, die in den Lüften widerhallen, die bedrohlichen Häuser, die sich vorbeugen. Gleichzeitig dachtest du an Limoli zurück, an die Gelb- und Rottöne der Herbstlandschaften, an die warmen Spätsommerabende. Hier war es kalt und neblig. Die Strassen waren grau – wie die Häuser, wie der Himmel. Die wenigen Bäume hatten schon ihre Blätter verloren und schienen ganz dürr. Die Menschen sahen verbissen aus, starre Gesichter in grauen Anzügen und Wintermänteln. Zurigo: was bedeutete dieses Wort? Du sprachst es mehrmals leise vor dich hin: Zurigo Zurigo. Und dann: Limoli Limoli. Es klang anders, dachtest du, weich und rund, lebendig und warm. Aber Zurigo: was hiess das? Die graue Stadt? Die Winterstadt?

Die Familie Wyss wohnte im fünften Stock. Bei deinem Aufstieg zähltest du die Stufen, 103 waren es. Oben angelangt, stelltest du den Koffer ab und klapptest den Kragen deiner Jacke wieder nach unten. Du zögertest. War es richtig hierherzukommen? fragtest du dich, jetzt, wo es zu spät war.

Der letzte grosse Bauauftrag in Limoli war das neue Elektrizitätswerk gewesen. Ganz Limoli war stolz darauf. Der neue Bürgermeister hatte bei der Einweihung vom Umbruch gesprochen, von der neuen Zeit, vom grossen Schritt in die Zukunft, für das Volk, für die Nation. Mit unserem Schweiss und mit unserem Blut haben wir den Umbruch erkämpft, hatte er gesagt, und von Gott hatte er gesprochen, wie der alte Falcetta damals, und von der Familie und der Heimat. Die Bauern und Arbeiter von Limoli hatten geklatscht, bis auf wenige Ausnahmen. Du warst eine dieser Ausnahmen. Du hattest nicht geklatscht, du hattest geschwiegen, und auch Innocente, dem man eine Ausstellung im Gemeindehaus verweigert hatte, auch Innocente hatte geschwiegen.

Die Zeiten haben sich geändert, würde Innocente dir einen Monat nach deiner Abreise schreiben, sie waren auch früher nicht rosig, du weisst es, doch jetzt sind sie schwarz. Der junge Falcetta, den sie zum Bürgermeister gemacht haben, will mir das Malen verbieten. In meinen Bildern, sagt er, ist kein Umbruch spürbar, nichts von der neuen Zeit – nur Trauer und Melancholie.

Anfänglich fiel es dir schwer, dich mit der Familie Wyss zu verständigen. Langsam lerntest du die ersten deutschen Wörter: Kaffee, Arbeit, Bahnhof; essen, schlafen, arbeiten; gut und schlecht, kalt und warm. Herr Wyss war misstrauisch gegenüber Ausländern, du spürtest es schon, als er dir dein Zimmer zuwies. Zuerst zeigte er auf die Tür seiner Wohnung, dann auf sich, danach zeigte er auf die Tür deines Zimmers und auf dich. Du verstandest. Die beiden Welten sollten getrennt bleiben, du hattest bei der Familie Bianchi – immer dachtest du nur Bianchi, nicht Wyss –, du hattest dort nichts zu suchen. Den Morgenkaffee würde dir Frau Wyss aufs Zimmer bringen. Sie war das Gegenteil ihres Mannes: Herr Wyss war ein Schrank, gross und dick, seine Frau war klein und schmächtig und hatte eine Fistelstimme, während Herrn Wyss' Stimme tief und laut war. Frau Wyss war auch nicht misstrauisch wie ihr Mann, sondern neugierig und sehr nervös. Sie stampfte zügigen Schrittes durch die Wohnung und war ständig am Arbeiten.

In dieser Hinsicht erinnerte sie dich an Rosa, so wie dich Herrn Wyss' barsche Umgangsformen an Rosa erinnerten. Auch sie beide, dachtest du, waren wie Tag und Nacht, wie du und Rosa.

Die vier Kinder der Familie Wyss lerntest du später kennen. Wenn du um halb sechs Uhr aus dem Haus gingst, schliefen sie noch, und wenn du abends nach Hause kamst, sassen sie essend am Tisch. Die Kinder schienen dich nicht besonders zu mögen, denn ihre einzige Art, sich mit dir auseinanderzusetzen, bestand in den Streichen, die sie dir spielten. Oft klopften sie an deine Tür, und wenn du sie öffnetest, war niemand da. Wir hättest du dich wehren sollen? Herr Wyss hatte dir ja den Zutritt zu seiner Wohnung untersagt. Beschweren mochtest du dich auch nicht, schliesslich warst du hier ein Fremder und hattest nichts zu sagen. Kinder, dachtest du, einmal Schafe, einmal Wölfe – deine waren auch nicht besser.

Was mochten sie jetzt gerade tun, deine Kinder? Acht waren es mittlerweile geworden, zwei Mädchen, sechs Jungen. Wenn du vor dem Schlafengehen hinausschautest und die schneebedeckten Häuser sahst, dachtest du an Roberto, der kurz vor deiner Abreise zehn Jahre alt geworden war. Wie sieht der Schnee aus? hatte er dich immer gefragt. Er hatte das Wort in der Schule gelernt. Du konntest nicht ahnen, dass Roberto bald wissen würde, wie Schnee aussieht. Du konntest nicht ahnen, welche wichtige Rolle dieses Wort in deinem Leben noch spielen würde. Schnee: an deinen langen, einsamen Sonntagnachmittagen konntest du stundenlang den fallenden Schneeflocken zusehen – wie ein Kind. Stell dir vor, schriebst du Rosa, hier schneit es noch immer. Die Häuser, die Strassen, die Bäume – alles ist weiss. Das Grau verschwindet, und Zurigo wird eine schöne Stadt. Mir geht es gut. Gott behüte dich und die Kinder. Du brauchtest Stunden für einen solchen Brief. Dennoch schriebst du beharrlich, jede Woche, einmal an Rosa, einmal an Innocente. Rosas Antworten waren immer sehr kurz. Auf deine Einsamkeit oder auf dein Staunen über all die fremden Dinge ging sie nicht ein. Wir danken dir für das Geld, schrieb Rosa, das wir dringend brauchen. In Limoli ist alles beim alten, Gott sei Dank hast du in der Fremde Arbeit gefunden. Uns allen geht es gut, schrieb Rosa, Gott behüte dich. Jeder Brief, ohne Ausnahme, endete mit diesen beiden Sätzen. Von den Kindern erfuhrst du aus Rosas Briefen beinahe nichts. Mit der Zeit passtest du dich ihr an und beschränktest dich nur noch auf wenige Zeilen.

Eigentlich hättest auch du mürrisch werden müssen, spätestens jetzt, in diesem fremden Land, wo du nur gerade als Arbeiter geduldet warst. Du spürtest es vor allem an Herrn Wyss, der noch abweisender und misstrauischer geworden war, seit seine Frau mit dir zu reden begonnen hatte. So unerträglich würde ihm mit der Zeit euer harmloses Verhältnis werden, dass er seiner Frau jeden Umgang mit dir verbieten würde. Du tröstetest dich damit, dass sie ja eigentlich ganz anders war, als sie sich dir gegenüber zu verhalten hatte. Man musste, redetest du dir ein, hinter die Dinge sehen, nicht nur die Dinge selbst, wie Innocente gesagt hatte. Ich habe verstanden, schriebst du ihm, was es heisst, hinter die Dinge zu sehen. Ich verstehe jetzt, warum du nicht einfach alles abmalen willst, wie es aussieht.

Innocentes Antworten auf die Schilderung deiner Erlebnisse und Einsichten schienen dir zu wenig klar. Seine Briefe waren manchmal wie Gedichte, gefühlvoll, oft voller Trauer und Enttäuschung, meistens aber so verschlüsselt, dass du nicht verstandest, was er sagen wollte. Du last sie zweimal, dreimal – je mehr du über sie nachdachtest, desto grösser war deine Verwirrung. Ich wage es nicht mehr, schrieb Innocente, hinter die Dinge zu sehen. Überall nur Grauen, schwarzes Grauen, schrieb er, wo ich hinschaue. Die ruhigen Landschaften unseres Tals sind verschwunden, plötzlich wird mir alles schwarz und tot. Dürfte ich malen, grau wären meine Bilder jetzt, grau und schwarz, wie das Elektrizitätswerk, die letzte deiner Arbeiten vor deiner Wegfahrt. Ich arbeite wieder mehr in der Mühle, du siehst, auch ich habe zurückgefunden zur Handarbeit, wie du in Zurigo. Gott behüte dich.

Dabei stellte sich später heraus, dass Innocente weitergemalt hatte, mehr noch als früher, fieberhaft und gehetzt, als gelte es, in Eile abzuschliessen, als stünde sein Tod bevor – das Elektrizitätswerk, Dutzende von Bildern in den düstersten Farben von diesem Elektrizitätswerk. Später würdest du begreifen: Innocente hatte Angst, sich genau auszudrücken, weil seine Briefe von den Schergen Falcettas gelesen wurden. Ein Drittel dieser Briefe kam tatsächlich auch nie in Zürich an. Später würde sich auch herausstellen, dass Innocentes Eile beim Malen ungerechtfertigt war. Nicht sein Tod stand bevor. Sterben würde der alte Falcetta, während du noch in Zürich warst und weiterbautest am neuen Bahnhof, sterben würde auch der alte Doktor, der zu trinken begonnen hatte. Ausgerechnet er, der den Bauern und Arbeitern das Trinken verbieten wollte, ausgerechnet er, der nie auch nur ein Glas Wein getrunken hatte, weil man zittrige Finger davon bekam, ausgerechnet er konnte jetzt ohne zwei drei Gläser Schnaps nicht mehr aufstehen. Als Bürgermeister war er untragbar geworden.

Ohnehin war das Zeitalter der Jungen angebrochen, das Zeitalter des Umbruchs, der Bewegung, der Zukunft. Falcettas erster Sohn, Führer der schwarzen Jugend Limolis, mittlerweile schon fünfundvierzig Jahre alt geworden wie du, hatte den alten Doktor abgelöst, den man eines Morgens tot in seinem Bett gefunden hatte. Verderben bringt die Trunksucht über unser Volk, schrie der junge Falcetta an einer der vielen Versammlungen, die jetzt in Limoli abgehalten wurden, in die Menschenmenge. Doch heimlich tranken sie alle, die Arbeiter, die Bauern, und auch der junge Falcetta und seine schwarzen Brüder. Nur der alte Falcetta war mit Sicherheit kein Trinker gewesen, dazu fehlte ihm die Zeit, beschäftigt wie er war mit seinen Papieren und Rechnungen. Die Ursache seines Todes blieb ein Rätsel. Eines Tages war er verschwunden: Die vom jungen Falcetta angeordneten Suchaktionen blieben erfolglos. Die Roten, hiess es zuerst an den Versammlungen und dann im ganzen Dorf, hätten ihn entführt und umgebracht. So erfuhr das Volk in Limoli von der Existenz der Roten. In Limoli selbst gab es keine.

Wochen später fand ein Jäger die Leiche des alten Falcetta im Wald. Am Begräbnis nahm ganz Limoli teil, in der vordersten Reihe der junge Falcetta und die Schwarzen in ihren Uniformen, hinter ihnen Freunde und Bekannte der Familie Falcetta aus den umliegenden Dörfern, zuhinterst die Bauern und die Arbeiter mit ihren Frauen. Unter diesen, langsam und zaghaft, lief auch Innocente mit.

Das erfuhrst du erst viel später. Weder in Rosas Briefen noch in denen Innocentes war davon die Rede. Von den Ereignissen in Limoli bliebst du ausgeschlossen, genauso wie die Bewohner Limolis von den Ereignissen in Zürich ausgeschlossen blieben. Und doch wären sie diese Ereignisse etwas angegangen, denn auch in Zürich würde jemand sterben, einer aus Limoli: einer, den der junge Falcetta einen Roten genannt hätte – vielleicht der einzige Rote aus Limoli.

An dem Morgen, als der Unfall geschah, kamst du zu spät zur Arbeit. Du hattest die ganze Nacht kein Auge zugetan, so aufgeregt warst du wegen der bevorstehenden Rückreise. Noch zwei Wochen würdest du hierbleiben, noch ganze zwei Wochen. Du hattest zurückgedacht an jenen Tag, als du in Zürich angekommen warst, mehr als zweieinhalb Jahre war das schon her, an deine ersten Eindrücke von der Stadt, an deine Verwirrung und an deine Angst vor der Tür im fünften Stock der Stationsstrasse 21.

Und du hattest an Limoli gedacht, an Limoli im Frühling: die grünen Wiesen, die blühenden Bäume, die Maisfelder, die Weizenfelder. Du warst aufgestanden und hattest das Fenster geöffnet: jetzt ging die Sonne über Zurigos Dächern auf. Frühling, dachtest du, jetzt war Frühling. Du legtest dich wieder hin und schliefst ruhig ein. Als Frau Wyss an die Tür klopfte, war es schon beinahe halb sechs Uhr. Schnell stürztest du den heissen Kaffee hinunter und ranntest aus dem Haus. Als du am Bahnhof ankamst, war es schon zu spät.

Kurz nach Arbeitsbeginn war ein Arbeiter vom zehn Meter hohen Gerüst der Überdachung auf den Bahnsteig gestürzt. Als du, immer noch im Laufschritt, in den Kopfbahnsteig einmündetest, sahst du weit hinten eine Gruppe von Arbeitern, die einen Kreis gebildet hatten. Eine seltsame Ahnung ergriff dich, jetzt ranntest du wirklich. Wir müssen zusammen zurückfahren, dachtest du, *zusammen.*

Dein Gefühl hatte dich nicht getäuscht. In der Mitte des Kreises lag Ferruccio. Um seinen Kopf herum hatte sich eine Blutlache gebildet. Aus Nase, Mund und Ohren strömte noch immer ein kleiner Faden Blut. Als du die verdrehten Augen Ferruccios sahst, schlugst du beide Hände vors Gesicht.

Dein einziger Freund hier, dein einziger Freund, Ferruccio, ihr würdet nicht zusammen zurückfahren. Plötzlich spürtest du die Wärme deiner Wangen, und jetzt auch der Hände, die du immer noch vors Gesicht hieltest. Du weintest. Noch als man Ferruccio forttrug, standest du regungslos da – auf dem Bahnsteig, vor der Blutlache am Boden. Zum ersten Mal in deinem Leben hattest du das Gefühl, für den Tod eines Menschen mitverantwortlich zu sein.

Du hattest Ferruccio eines Morgens auf der Baustelle getroffen. War er es wirklich? Du trautest deinen Augen nicht, so sehr hatte er sich im Verlauf der zehn Jahre, die zwischen dem Aufruhr in Limoli und deiner Wegfahrt lagen, verändert. Er war dicker geworden, sein Gesicht war rot und aufgedunsen, die Haare grau und schütter. Du, der du zehn Jahre älter warst als er, sahst jünger und gesünder aus. Noch am gleichen Abend erzählte er dir, wie er in die Hauptstadt zurückgekehrt war und dort keine Arbeit als Maurer gefunden hatte. Gerade noch als Laufbursche hatte man ihn angestellt, doch der Lohn reichte kaum für das Essen und die Kleider. Das alles, erzählte Ferruccio, hätte seinen Stolz nicht brechen können. Doch eines Tages tauchte plötzlich sein Bruder in der Hauptstadt auf. Er hatte sich vorgenommen, Ferruccio für den Bau des neuen Elektrizitätswerks nach Limoli zurückzuholen. Ferruccio weigerte sich. Sein Bruder schlug ihn ins Gesicht. »Nur noch einmal«, erzählte Ferruccio, »wirst du nach Limoli zurückkehren, ein einziges letztes Mal.« Das hat er mir gesagt. Seither habe ich meinen Bruder nicht mehr gesehen.

So wäre es auch gekommen. Doch Ferruccio und du, ihr konntet es nicht wissen, obwohl ihr es beide vielleicht geahnt habt. Dir jedenfalls war die Begegnung mit Ferruccio, so unvermittelt und so weit weg von Limoli, unheimlich. Eigentlich hättest du dich freuen müssen, endlich einen Freund gefunden zu haben. Doch bald merktest du, dass man mit Ferruccio nicht mehr reden konnte, so gleichgültig war ihm alles geworden. Das einzige, was ihn noch zu interessieren schien, war der Alkohol. Unablässig war er am Trinken. Sogar während der Arbeit trank er, heimlich und verstohlen, obwohl ihn das seine Stelle hätte kosten können. Wenn du ihn darauf ansprachst, winkte er ab. Er hatte niemanden, um den er sich zu sorgen brauchte, er war ja aus ganz anderen Gründen weggereist, ohne sich darum zu kümmern, ob er Arbeit finden würde oder nicht. Wie er eigentlich in Zurigo zu einer Stelle gekommen war, wollte er dir nicht verraten. Manchmal sprach er von einem Freund, der ihm geholfen habe, und sein Gesicht verzog sich zu einem seltsamen Lachen. Dann überfiel ihn wieder Mitleid mit sich selbst, und er begann zu weinen und zu klagen, dass alle ihn im Stich gelassen hätten: Die Genossen – noch immer nannte er sie so – in Limoli, seine Brüder, und auch du, sagte er, würdest es mit ihm nicht mehr lange aushalten. Dein Trost nützte nichts, Ferruccio widersprach ja nur immer, und doch fühltest du dich verpflichtet, ihn zu ertragen – bis zum Schluss. Bald würdet ihr zusammen nach Limoli zurückkehren, sagtest du ihm, dann würde alles wieder besser, so viele Jahre seien ja vergangen. Doch Ferruccio war nicht mehr zu helfen, und wenn du ehrlich zu dir warst, wusstest auch du es: Ferruccio hatte sich aufgegeben, er war längst tot, bevor er von jenem Gerüst stürzte.

Ihr fuhrt schliesslich doch zusammen weg, auf Gleis 14 und zehn Tage früher als geplant. Im Gepäckwagen fuhr die Leiche Ferruccios mit, um noch einmal, wie sein Bruder es ihm vorausgesagt hatte, ein letztes Mal nach Limoli zurückzukehren.

Das Elektrizitätswerk

Schwarz, dunkler noch als die Nacht, stach das Elektrizitätswerk von seiner Umgebung ab: von der Reihe entlaubter Kastanienbäume links davon, von den gefrorenen Feldern dahinter, vom Kiesweg, der rechts am Gebäude vorbeiführte, von den Hügeln im Hintergrund, vom Wald, dessen schwarzer Rand knapp noch erkennbar war. Erst jetzt war das Elektrizitätswerk in ihren Blickwinkel geraten, dort unten lag es, in jener Mulde, von hier oben schienen sie das pechschwarze Gebäude berühren zu können. Sie hielten inne und schauten auf den Kiesweg. Von dort drohte die grösste Gefahr. Ständig waren Patrouillen unterwegs, auch in der Nacht. Deshalb hatten sie diesen Umweg gewählt, über die Felder und dann durch das Gestrüpp, das auf der Anhöhe wuchs. Bis jetzt hatte noch niemand sie bemerkt, davon waren sie überzeugt, und doch zögerten sie.

Schwarz lag es da, das Elektrizitätswerk, ein riesiges Rechteck, Wahrzeichen des Umbruchs, geschaffen mit dem Blut des Volkes, wie es auf der in den Stein gemeisselten Inschrift über dem Haupteingang hiess, dem sie beide jetzt leise und zaghaft entgegenschlichen, auf den Knien, kaum mehr atmend, den kalten Boden mit der einen Hand abtastend, nach dürren Zweigen, die Geräusche hätten verursachen können, mit der anderen Hand die Stangen fest umklammernd, Knielänge um Knielänge vorwärts, dem schwarzen Rechteck entgegen, das mit jedem gewonnenen Meter grösser wurde, grösser und übermächtiger, und sie immer kleiner und unbedeutender vor diesem Klotz, der alles überragte und beherrschte und unterwarf.

Limoli schlief. Überall ringsum waren Kämpfe im Gang, die schwarze Macht stand kurz vor ihrem Zusammenbruch, nur noch einzelne Schwadronen, die Unbelehrbaren, kämpften verbissen weiter für die Erhaltung ihrer Macht gegen die Partisanen. Von Süden her rückten die Alliierten an.

Doch Limoli schlief. Auch in jener Nacht, als sich die beiden Gestalten an das Elektrizitätswerk heranschlichen. Nur im Haus bei der alten Mühle und bei dir zu Hause schlief keiner. Rosa schlief nicht, und Innocentes Mutter und seine Schwestern schliefen nicht – sie sassen versteinert im Dunkel der Küche und warteten. Punkt vier Uhr morgens erfolgte die Explosion.

Limoli erwachte. Doch wer aufstand, blieb im Dunkeln und begriff, dass nun auch das Elektrizitätswerk hatte daran glauben müssen. So war der Krieg, sagten sich die Leute in Limoli. Sie hatten eigentlich nichts damit zu tun, sie konnten ja nichts dafür. Die Entscheidungen fielen anderswo, und noch nie hatte man sie um ihre Meinung gefragt. Was hätten sie sich einmischen sollen? Warten und hoffen, das war das einzige, was ihnen blieb, warten auf den Tag, an dem der Krieg zu Ende war und ihre Söhne, die irgendwann irgendwohin ins Gefecht gezogen waren, die man deportiert und in Arbeitslager gebracht hatte, irgendwo im Norden, endlich zurückkehrten nach Hause, unversehrt und ungebrochen.

Auch ihr beide, Rosa und du, hattet gewartet und gehofft – lange Zeit, Jahre. Von euren Söhnen waren zwei in den Krieg gezogen, doch nur einer war zurückgekehrt: verwundet am linken Arm, abgemagert und krank, erschöpft. Von Roberto fehlte euch jede Nachricht. Auf der Gemeindebehörde in Limoli vermutete man, er sei, zusammen mit anderen Soldaten, die ihre Waffen niedergelegt hatten, in irgendein Kohlebergwerk im Norden deportiert worden, Genaueres konnte niemand sagen. Der junge Falcetta, der als Bürgermeister mit den Besetzern zusammengearbeitet hatte und vielleicht mehr gewusst hätte, war verschwunden.

Eines Tages, im letzten Herbst vor Kriegsende, ging in Limoli ein Gerücht um. Von einem Kaplan war die Rede, und von einer Liste, die er mitgebracht habe, und auf dieser Liste, hiess es, seien die Namen der Toten Limolis. Darauf gingen die Mütter der Vermissten jeden Morgen vor das Gemeindehaus und verlangten Einlass. Doch das Gemeindehaus blieb geschlossen.

In jener Zeit hattest du einen Traum, der immer wiederkehrte. Das sahst Zurigos Schnee auf Limoli fallen, leise deckte das Weiss das ganze Tal zu. Der Himmel war grau verhangen, es war kalt in Limoli. Weit hinten, am Horizont, sahst du einen Soldaten durch den Schnee stapfen. Langsam kam er auf dich zu, mühsam schleppte er sich vorwärts, gebeugt unter der Last des Rucksacks, in der Rechten das Gewehr. Du siehst ihn umfallen und wieder aufstehen, umfallen und wieder aufstehen, an den schwarzen Schatten im weissen Schnee hinter ihm erkennst du, wie oft er schon gefallen ist und wie oft er, sich auf das Gewehr stützend, wieder aufgestanden ist. Alles ist weiss, und du siehst diesen schwarzen Punkt auf dich zukommen, und du kannst nicht erkennen, wer es ist, und doch weisst du mit Sicherheit, dass es ein Soldat sein muss, der sich durch den Schnee kämpft – bis er liegenbleibt und nicht mehr aufsteht, immer noch weit weit von dir entfernt, bis du schweissgebadet mit einem Schrei erwachst.

Roberto ist tot, sagst du. Wenn es in Limoli schneit, ist Roberto tot. – In Limoli hat es noch nie geschneit, sagt Rosa. Und es wird auch nicht schneien.

Doch Rosa täuschte sich. Ende Oktober fiel Schnee. Du weintest, als du die fallenden Flocken sahst. Du verstandest nicht mehr, wie du, zehn Jahre war das nun her, in Zurigo ganze Nachmittage vor dem Fenster hattest verbringen können, als es schneite. Roberto war gestorben, auch Rosa konnte es dir nicht ausreden.

Eines Abends stand er dann in der Tür: gross, abgemagert, schwarz gekleidet, weiss im Gesicht, mit tiefen Augenhöhlen. Genauso hattest du ihn dir vorgestellt. Du zweifeltest keinen Augenblick daran, dass das der Kaplan war. Du hattest es gewusst: eines Abends würde er kommen und euch Robertos Tod mitteilen. Er setzte sich an euren Tisch, Rosa goss ihm ein Glas Rotwein ein, ihr hörtet beide schweigend zu.

Roberto hat nicht sterben wollen, erzählte der Kaplan, bis zum letzten Atemzug hat er sich gegen den Tod gewehrt. Man hat ihn viel zu spät ins Krankenlager gebracht, er hatte schon Blut gespuckt, die Hustenanfälle waren von

Tag zu Tag schlimmer geworden, mehrmals war er schon zusammengebrochen – und doch trieb man ihn weiter zur Arbeit an, hinunter in das Bergwerk, wo der Staub seine Lungen zerfrass, arbeiten arbeiten, dreizehn vierzehn Stunden am Tag, sieben Tage in der Woche, bewacht von den Wächtern des Lagers, die breitbeinig und bewaffnet neben ihm standen.

Viele starben in diesen Lagern. Das Essen war schlecht, Medikamente gab es nicht. Der Willen der Gefangenen war gebrochen, die wenigen, die sich auflehnten, wurden auf der Stelle erschossen, andere zu Tode geprügelt.

Irgendwann hatte es der Kaplan nicht mehr ertragen, den Sterbenden beizustehen, jeden Tag, jede Nacht waren es mehr geworden, mehr und mehr, endlos. Es hatte keinen Sinn. Nichts mehr hatte einen Sinn. Ich weiss, sagte der Kaplan, ich habe die anderen im Stich gelassen, schon beim ersten Gedanken an die Flucht. Viele sterben noch jetzt, Tag um Tag, Stunde um Stunde, jeden Augenblick ein bisschen …

Der Kaplan hatte geschwiegen und dir ins Gesicht geschaut. Du schienst abwesend, dein Blick war irgendwohin weit in die Ferne gerichtet, wie auf jenem Bild, das Innocente von dir gemalt hatte. Du sagtest nichts. Rosa sass zusammengekauert, wie geschrumpft, auf ihrem Stühlchen.

Schwarz, dunkler noch als die Nacht, stach das Elektrizitätswerk von seiner Umgebung ab, Wahrzeichen des Umbruchs, geschaffen mit dem Blut Robertos und unzähliger anderer, geschaffen mit dem Blut des Volkes, wie es auf der in den Stein gemeisselten Inschrift über dem Haupteingang hiess, dem die beiden alten Männer, Innocente und du, entgegenschlichen. Mit der einen Hand tastetet ihr den Boden nach dürren Zweigen ab, in der anderen hieltet ihr die Stangen Dynamit fest umklammert, wie Roberto, damals in deinem Traum, sein Gewehr umklammert hielt. Mit jedem Meter wurde das Elektrizitätswerk grösser, und ihr immer kleiner und unbedeutender vor diesem Klotz, der alles überragt und beherrscht und unterworfen hatte und im nächsten Augenblick mit einem dumpfen Knall in sich zusammensacken würde.

Der neue Flughafen

Du reichtest mir die Hand. Langsam begannen wir den Aufstieg zur Mauer, du, Luisa, Marco und ich, langsam und bedächtig, beinahe zaghaft setztest du einen Fuss vor den anderen, noch immer trugst du deine schweren Arbeitsschuhe, als habe sich nichts geändert, als seist du noch der erste Maurer von damals, auf den Baustellen der Falcetta, ein Leben lang, bis zu deinem Tod. Doch die Zeit war nicht stehengeblieben, du hattest deine Enkel neben dir, die Töchter und Söhne deiner Kinder, die dritte Generation. Längst hattest du die Arbeit aufgegeben, längst warst du ein alter Mann, mehr als siebzig Jahre älter als deine Enkel, längst gingst du gebückt wie alle Alten, die den Tod mit sich herumtragen.

Grau und verwittert stand sie jetzt vor uns, die Mauer, hinter der sich die Werkzeugschlosserei der Falcetta befand, verbleicht, kaum mehr lesbar waren die Worte, die jemand vor zwanzig dreissig Jahren hingepinselt hatte, verblasste Zeugen einer vergangenen Zeit, die immer noch zu deinem Leben gehörte, von der wir drei, Marco, Luisa und ich, nichts wussten. *Es lebe der König!* mag da gestanden haben, *Tod dem Faschismus!* und, vielleicht nur knappe zwei Meter davon entfernt, in schwarzen grossen Buchstaben: *Kameraden! Der Kampf geht weiter!* Erst jetzt, zwanzig Jahre später, nachdem die Sprüche vollends unleserlich geworden sind, frage ich mich, ob nicht vielleicht einer der vielen Sätze auf dieser alten Mauer von dir sein könnte, verstohlen hingemalt in irgendeiner Nacht, vor langer langer Zeit.

Noch immer gingen wir dem Kiesweg der Mauer entlang, als wir weit hinten ein helles Fenster sahen. Wir waren so lange im Schatten der Mauer gegangen, dass sich unsere Augen an das blendende Licht der Sonne erst gewöhnen mussten. Endlich erkannten wir im Rotbraun den Rasen, die Blumen, Palmen, Birkenbäume des Parks, die seltsamen Steinfiguren, Frauen in wallenden Gewändern, Männer mit Bogen und Pfeil, die den Marmorweg säumten, der sich zum Palast schlängelte – hinauf zum Palast, der weiss in der Sonne glänzte. Du hieltest mich zurück und zeigtest nach vorn: das zweite Haus der Falcetta, erklärtest du, die Villa deines Altersgenossen, an der du, vor beinahe sechzig Jahren, mitgebaut hattest. Ist sie nicht schön, sagtest du, als sprächst du von einer Frau.

Wir bogen nach links ab. Immer noch gingen wir langsam, viel zu langsam für unsere jungen Füsse und doch schon zu schnell für deine in den klobigen, schweren Schuhen. Du keuchtest, musstest einen Augenblick stehenbleiben, um Luft zu holen und dir mit dem Taschentuch den Schweiss vom Gesicht zu wischen. Du warst achtzig geworden. Du mochtest nicht schnell gehen, konntest es auch nicht mehr. Schliesslich hatten wir Zeit, der Zug fuhr erst in einer halben Stunde. Deine Gelassenheit übertrug sich auf uns – für einmal gingen auch wir gemächlich und schauten uns an, was uns umgab und an diesem Herbstnachmittag so ruhig und friedlich schien. Der Strasse entlang, die zur Kreuzung hinaufführte, standen die alten Häuser Limolis, rotbraune Ziegelbauten, die meisten schon etwas verfallen, die Gärten bereits vom Unkraut überwuchert, die unteren Zweige der Palmen verdorrt. Auf dem Boden unter den Birken lag Laub. Auch die Autos auf dem Parkplatz der Werkzeugschlosserei, kurz nach der Kreuzung, waren mit gelben, rotbraunen Blättern bedeckt. Habt ihr den Morgenwind gehört? sagtest du. Wir nickten. Warum, fragte Luisa, verlieren die Bäume im Herbst die Blätter? – Im Herbst sind die Bäume müde von ihrer Last, erklärtest du, dann lassen sie die Blätter fallen.

Wieder blieben wir stehen. Wie Pilze schienen sie aus dem Boden zu wachsen, die grauen Rechtecke, die wir unter uns sahen, Haus neben Haus, Rechteck neben Rechteck, die Fenster schmale schwarze Löcher, wie Schiessscharten, die Balkons kleine Käfige, in Reih und Glied, alle gleich gross und im gleichen Abstand. Und daneben neue Rechtecke, die noch im Bau waren und hinaufschossen, jeden Tag einen Meter, Tag um Tag, Woche um Woche. Was wir sahen, war ein neues Limoli, das, zu den Füssen des alten, im Entstehen war.

Falcettas neue Siedlung, sagtest du, »Diodata« hat er sie genannt, wie damals sein Vater das Auto. Marco sagte, er wolle lieber in Falcettas Villa wohnen als in seiner Siedlung. Du schmunzeltest: Das möchten wir alle.

Deine zittrigen Finger suchten in der Brieftasche nach einer Banknote. Wir standen am Bahnschalter. Du legtest den Schein hin und sagtest: Vier halbe. Als Rentner bezahltest du nur die Hälfte. Vier halbe – für Marco, Luisa und mich mochte das bedeuten, dass auch du, mit deinen achtzig Jahren, wieder zu den Kindern zähltest. Wir wunderten uns nicht darüber, längst hatten wir verstanden, dass auch du mit den Erwachsenen zu kämpfen hattest. Grosse Bedenken waren von ihnen geäussert worden gegen diesen Ausflug. Es hätte dir etwas zustossen können, wie uns damals auf unseren Gängen auf den Dachboden, auf unseren Lazertenjagden. Ob du denn zurechtkommen würdest in der Hauptstadt? Ob du den Flughafen überhaupt finden würdest? Für unvernünftig hatte es die Tante gehalten, dass du auf diesem Ausflug bestandest, für unverantwortlich. Wenn es denn sein muss, hatte sie gesagt, dann nehmt ein Taxi zum Flughafen. Ein Taxi, hast du verstanden, ein Taxi. Du hattest genickt, ohne zu widersprechen, wie immer, zufrieden schon, dass man dir nachgegeben hatte.

Und jetzt standen wir zu viert auf diesem Bahnsteig in Limoli und warteten auf den Zug, der uns in die Hauptstadt bringen sollte. Kaum war er sichtbar geworden, weit hinten am Ende des Tals, standest du auf, griffst in die Tasche, vermutlich, um dich davon zu überzeugen, dass die Fahrkarten noch da waren. Du würdest ja schon am Bahnhof die Fahrkarten verlieren, hatte die Tante gesagt.

Seltsam mussten wir vier gewirkt haben, stelle ich mir vor, in der riesigen Ankunftshalle des Flughafens, in der wir nur vier Punkte waren, vier von Dutzenden, Hunderten von Punkten, die sich von einem Ort zum anderen bewegten, vom Warteraum zu den Schaltern, von den Schaltern zum Zeitungsstand, zur Anzeigetafel, zum Ausgang, zu den Schaltern auf der anderen Seite, und wieder zurück in den Warteraum, und nach vorne zu den Fenstern, von wo aus man die an- und abfliegenden Flugzeuge sehen konnte. Wir standen regungslos da, Marco, Luisa und ich, wie die Steinfiguren im Park des jungen Falcetta, überwältigt von den schnellen Bewegungen um uns herum. Auch du schienst wie betäubt, still standest du neben uns, in deinen groben Manchesterhosen, in deinen klobigen Arbeitsschuhen, im karierten Hemd mit den aufgekrempelten Ärmeln. Irgendwo weit in der Ferne verlor sich dein Blick, du schienst abwesend, mit deinen Gedanken auf einem Maisfeld in Limoli, in einem Wald auf Kastaniensuche, in einer Lichtung vielleicht, wo du den Stock ablegst, dir mit dem Taschentuch den Schweiss im Gesicht abwischst und dich unter einen Baum legst … Ein neues Zeitalter ist angebrochen, mägst du gedacht haben, jene Zeit vielleicht, von der Innocente einmal gesprochen hat, in der alle in die gleiche Richtung stürmen, unbekümmert und unbeschwert, als hätte es nie ein Gestern gegeben.

Weit hattest du ausholen müssen auf der Rückfahrt nach Limoli, weit muss ich zurückgehen, hattest du gesagt, bis ins Jahr, als ich geboren wurde, bis zum alten Falcetta, dem beinahe ganz Limoli gehörte und der eines Tages tot im Wald gefunden wurde, und niemand wusste, wie er gestorben war, wie Paolo, der Müller, erinnert ihr euch noch an den Müller, Innocentes Vater, der auf die Jagd ging, und an den Doktor, der uns den Wein verbieten wollte und dann starb, weil er zuviel trank – eine lange Geschichte ist das, und ich weiss nicht, ob ihr das verstehen könnt.

Eure Zeit ist eine andere, aber früher gab es nur einen Herrn in den Dörfern, überall, und in unserem Dorf hiess der Herr Falcetta, und er war wie ein Gott, der gab und nahm, aber er gab wenig und nahm viel, und wer sich auflehnte, endete im Gefängnis. Alle haben wir für Falcetta gearbeitet, das ganze Dorf, auf den Feldern, die wir ihm verkaufen mussten, weil wir kein Geld mehr hatten, und auf den Baustellen, die er mit unserem Geld gebaut hat, und später in der Werkzeugschlosserei.

Den weissen Palast, den ihr gesehen habt, daran habe auch ich gebaut, lange ist das her, eure Väter und Mütter waren noch ganz klein, wie ihr, oder noch nicht geboren, zehn zwölf Stunden am Tag habe ich den Mörtel geschleppt, und die Ziegel, in der heissen Mittagssonne, für das weisse Haus des jungen Falcetta, den weissen Palast, den der Alte für den Jungen bauen liess, weil er wusste, dass auch er einmal starb, und dann musste sein Sohn die Arbeit übernehmen, und mit der Arbeit die Arbeiter und die Macht über sie.

Doch der junge Falcetta, der im selben Jahr geboren wurde wie ich, war ehrgeizig, ehrgeiziger als der alte, wie alle Söhne, die lange im Schatten der Väter stehen. Und so begann er zu rechnen, dass die Woche sieben Tage hat, und dass er nur an sechs davon unser Herr war, und dass also ein Tag fehlte, und das war der Sonntag. Und so wurde der junge Falcetta Bürgermeister von Limoli und hielt am Sonntag in seiner schwarzen Uniform Reden, die auch ich anhören musste; das ganze Dorf, Männer, Frauen, Kinder, befahl er auf den Dorfplatz, wo er von der Heimat redete, und von der neuen Ordnung, die jetzt entstand, und vom Umbruch, und vom Faschismus. Viele in Limoli zogen damals die schwarze Uniform an, sogar einige Maurer, und eines Nachts haben sie Innocente verprügelt, weil er einmal ein Bild auf die Mauer des Gemeindehauses gemalt hatte, und auch mich wollten sie verprügeln, obwohl ich auf der Baustelle ihr Freund gewesen war, ich meine: bevor sie das Schwarzhemd anzogen, ich weiss nicht, ob ihr das versteht, aber wer viel geschlagen wird, schlägt selber, und oft schlägt er dann sogar seine Freunde, weil er blind ist vor Wut und vergessen hat, was früher gewesen ist.

Auch Innocente und ich waren blind vor Wut, und so haben wir das Elektrizitätswerk gesprengt, auf das die Faschisten besonders stolz waren und an dem auch ich gebaut hatte, bevor ich wegging von Limoli, und daher wusste ich, wo wir das Dynamit zünden mussten, damit die Zentrale zusammenfiel, an einem kalten Wintermorgen war das, kurz nach Robertos Tod, ich erinnere mich genau, um vier Uhr morgens fiel das Elektrizitätswerk zusammen, und in Limoli und in allen Dörfern des Tals gab es kein Licht mehr, und alle verstanden, dass es zu Ende ging mit den Faschisten.

Damals war der junge Falcetta plötzlich verschwunden, erst nach dem Krieg tauchte er wieder auf, und niemand wusste, wo er gewesen und wann er zurückgekommen war. Wieder hatten sich die Zeiten geändert, und wieder wurde die Werkzeugschlosserei aufgebaut, und wieder arbeitete ich für einen Falcetta, ein ganzes Leben lang habe ich für die Falcetta gearbeitet, ein halbes Jahrhundert. Und dann kam der Flughafen, das war der letzte grosse Auftrag für den jungen Falcetta, der auch schon alt geworden war, wie ich, vier Jahre ist das her, vier oder fünf Jahre. Am Flughafen haben viele mitgebaut, wisst ihr, nicht nur die Arbeiter Falcettas, doch ich war damals schon zu alt und hatte die Arbeit aufgegeben. Und dann starb der junge Falcetta, die Arbeiten hatten erst begonnen, aber auf den Vater folgt der Sohn, und so liess der jüngste Falcetta den Flughafen fertigbauen. Alles hat eine lange Geschichte, eine sehr lange Geschichte, an die sich nur die alten Leute erinnern, wie ich.

Du konntest nicht wissen, dass diese Geschichte noch länger werden sollte, und du würdest es auch nicht mehr erleben: Zwei Jahre später würde ebendieser jüngste Falcetta versuchen, dein Haus, samt Scheune, Hühnerstall und Hühnern, für die Summe von 28 Millionen Lire zu kaufen.

III

Träume, Visionen

Die Reise

Wir schienen uns in Landschaften zu bewegen, die Innocente gemalt haben könnte: eine rote Wüste, heiss brannte der Sand unter unseren nackten Füssen, weit hinten am Ende des Tals, am Fuss der Hügel, sahen wir verkohlte Baumgerippe schwarz in den gelben Himmel ragen. Innocente und der Grossvater setzten zum Schritt an, doch da blicktest du zurück zu uns, zu mir, glaubte ich, der ich Roberto war, angespannt wie ein Maulesel am Karren, und du, Luisa, neben mir, und links neben dir Marco, und auch wir setzten zum Schritt an, warteten auf ein Zeichen, als sich unsere Karawane zu bewegen begann, die beiden Alten vorne, wir hinten, du und ich und Marco, der jetzt am Karren stand und den Weg aufnahm durch die verlassene Gegend und spürte, wie der Boden steil wurde unter seinen Füssen, denn nun hatte sich, wie war das möglich, dachte ich, nun hatte sich die Ebene verschoben, hinauf ging es jetzt, hinauf zu diesem Berg, dessen Schultern von den Sonnen, die wir kreisen sahen, kreisen, kreisen am gelben Himmel, bestrahlt waren und uns blendeten, bis plötzlich Nacht war um uns.

Am Ende dieses Gangs, wir waren ja in einem Gang unter der Erde, begriff ich endlich, war ein kleines Lichtfenster zu sehen, auf das wir zukrochen, mit der einen Hand den Boden nach Steinen abtastend, die unsere wunden Knie hätten verletzen können, so bewegten wir uns vorwärts, diesem weissen Fenster entgegen, doch ich verstand den Grund nicht und hielt mich an Luisa fest, die vor mir war, und

Marco, hinter mir, an mir, zögernd, behutsam, ängstlich schlichen wir dem immer grösser werdenden hellen Loch in der Tiefe entgegen, Knielänge um Knielänge.

Draussen war Limoli.

Weiss im Schnee war Limoli, einsam und kalt, eingehüllt in diese Decke, durch die sich Roberto in den Tod gekämpft hatte. Wie war das möglich, kaum hatte ich an ihn gedacht, stand er vor uns, bleich und mager in seiner zerfetzten Uniform. Endlich lerne ich dich kennen, sagte ich, wir haben uns lange nicht gesehen. Er lächelte. Da machte der Grossvater zwei Schritte auf ihn zu und kniete sich vor ihm in den Schnee. Vater, warum hast du mich allein gelassen, sagte Roberto. Du schwiegst. Doch du knietest ja nicht vor Roberto, wir waren auf dem Hauptplatz, auf dem Hauptplatz neben der Kirche und dem Friedhof, und du knietest neben Innocente vor einer Marmortafel.

Ewiger Ruhm Den Gefallenen
Retter Unserer Heimat
Nie Werdet Ihr Sterben
Denn Ihr Seid Unsterblich

Heiss brannte die Mittagssonne auf unsere Köpfe, alleine standen wir auf dem leeren Platz, wir waren die einzigen, die übriggeblieben waren, als die Sonne am Horizont unterging und grösser wurde und röter, und immer grösser und röter, aber das war ja eine zweite Sonne, verstand ich endlich, doch da hatte uns die Hitzewelle schon erfasst und zu Boden geschleudert, mir blieb nur das schmerzverzerrte Gesicht Innocentes in Erinnerung, und deine Hand, Luisa, die sich krampfhaft an meine klammerte. Der Granatsplitter in meinem Bein, dachte ich, der Granatsplitter, warm lief mir das Blut über das Knie – doch da war nichts zu sehen, wie immer stand ich neben Marco und Luisa, die beiden Alten zwei drei Schritte vor uns, auf diesem Hauptplatz und wartete auf die Toten Limolis.

Seht euch das an, sagte der Grossvater und zeigte auf die rechte Seite des Platzes, wo ein weisser Hase uns entgegenrannte, als wir plötzlich auch Paolo sahen, der mit seinem Gewehr auf den Hasen zielte, und wenige Schritte hinter ihm den alten Doktor, die Flinte übergehängt, und wieder hinter ihm den alten Falcetta, der, schwarz gekleidet und mit steifem Hut, mit schweren Schritten auf uns zu kam. Ohne uns zu beachten, ging er an uns vorbei zur Tribüne und setzte sich auf den mittleren der drei Stühle. Der alte Doktor folgte ihm und setzte sich zu seiner Linken. Plötzlich hörten wir Marschmusik. Der junge Falcetta, in schwarzer Uniform, stampfte die Holztreppe zum Podium hoch und setzte sich rechts neben seinen Vater.

Wir wurden zusammengedrückt, so voller Menschen war jetzt der Platz, ich spürte deinen warmen Körper gegen meinen, ich roch deinen Atem und sah deine verängstigten Augen, und da bemerkten wir, wie sich von weit hinten jemand den Weg durch die Menge bahnte, gerade auf uns zu, auf dich zu – du lächeltest, als hättest du den Fremden schon erkannt, du strecktest die Arme in die Höhe, um Ferruccio zu begrüssen, der jetzt vor uns stand, alt und grau, mit seinem roten Gesicht und dem schütteren Haar.

Innocente hielt sich die Ohren zu vor Schmerz.

Von der Tribüne her dröhnte uns ein Geschrei entgegen, ein Stampfen und Tosen, tausendmal überschlug sich die Stimme des jungen Falcetta, ein unverständliches Ächzen und Stöhnen, ein Gurgeln, das in einem Röcheln endete. Plötzlich war Stille.

Da stürzte der junge Doktor mit einem Schrei vor uns nieder.

Weshalb war er nicht auf dem Podium? Weshalb hatte er sich unter uns gemischt? wollte ich fragen, doch da begann sich der Platz langsam zu drehen, ich sah Luisa an mir vorbeikreisen, und Marco, und Innocente, und schliesslich dich, lächelnd, zufrieden, wie immer, dachte ich, wie damals – damals auf dem Fahrrad, damals mit Rosa, damals auf dem Foto, auf der Treppe, auf dem Fahrrad, auf dem Foto, immer schneller, mir wurde schwindlig, weit weg musste der Dorfplatz sein, dachte ich, als ich plötzlich Farben zu sehen begann: Gelb, Rotbraun, Rot, und jetzt waren auch die Formen erkennbar, Dreiecke, Vierecke, Rechtecke, die sich ineinanderschoben, und dann ein schwarzer Strich, ein Baum, eine Wiese, ein Weizenfeld, ein Maisfeld.

Wir sassen mitten in einem Maisfeld.

Über unseren Köpfen bewegten sich die gelben Maiskolben langsam hin und her, weit hinten, am Ende des Tals, sahen wir die Sonne, der Himmel war dunkelrot. Es wurde

Nacht. Innocente und der Grossvater umarmten sich. Lange verharrten sie in ihrer Umarmung, ich hatte das Gefühl, es seien Tage vergangen. Um uns herum war alles still, und in dieser Stille stand der Grossvater auf und sagte: Ich muss jetzt gehen. – Wohin gehst du? fragten wir. Nach Hause, sagte er. Dicht trat er an uns heran, zog uns hoch und umarmte uns, zuerst Marco, dann Luisa, dann mich. Noch immer lächelte er. Wir schauten ihm nach, wie er kleiner wurde und kleiner, bis er nur noch ein schwarzer Punkt war in der schwarzen Nacht.

Nachwort

Erzählen, erinnern, erfahren

In seinem im Jahr 2005 erschienenen Erinnerungsbuch *Meine Reisen mit Herodot* erzählt der polnische Autor, Reporter und reisende Schriftsteller Ryszard Kapuściński (1932–2007), wie ihn in den 1950er Jahren seine Zeitung nach Indien schickte. Es war seine erste Reise und sein erster Flug. Englisch sprach er schlecht, Hindi gar nicht, und vom Land, in das man ihn als Berichterstatter schickte, wusste er nichts. Angekommen in Delhi, machte Kapuściński nach einem Spaziergang eine seltsame Erfahrung: »Ich stellte eine Verbindung fest zwischen Benennen und Existieren, denn nach meiner Rückkehr ins Hotel wurde mir bewusst, dass ich in der Stadt nur das gesehen hatte, was ich benennen konnte, so erinnerte ich mich zum Beispiel an eine Akazie, jedoch kaum an den Baum daneben, dessen Namen ich nicht kannte. Kurz gesagt, ich begriff eines: Je mehr Wörter ich kannte, um so reicher, umfassender und verschiedenartiger würde sich die Welt mir darstellen.«

»Wörter sind Welten«, sagt auch der Ich-Erzähler in Dante Andrea Franzettis Debütroman *Der Grossvater.* Er stellt dies im ersten Teil des Romans fest, nachdem ihm ein Wort nicht in den Sinn kommen will und im Wörterbuch nachgeschlagen werden muss. Das fehlende Wort hat mit Kindheits- und Ferienwelten zu tun – und mit einem Ort im Haus des italienischen Grossvaters im fiktiven Limoli, wo der nördlich der Alpen aufwachsende Erzähler seine Schulferien verbrachte: »*Dachboden* m. *solaio* m. Das war es also, solaio, genau. Ich hatte nicht nur ein Wort wiedergefunden, sondern Jahre meiner Kindheit. Daran habe ich gemerkt, wieviel an den Wörtern hängt.«

Im Grunde handelt diese Passage vom gleichen, von dem auch Kapuściński spricht, nämlich vom Unterschied zwischen Gedächtnis und Erinnerung. Das Gedächtnis, zumal das kollektive, ist diffus, die Erinnerung hingegen individuell und genau, sie wählt aus, sie wertet. Das macht sie zu einem der genuinen Felder der Literatur, die Erinnerung, schrieb Jean Paul, ist das einzige Paradies, aus dem niemand vertrieben werden kann. Oder die einzige Hölle.

Ein mit der Grossvaterfigur verbundenes erinnertes Paradies der Kontinuität ist auch erwähnter Dachboden. Dem Erzähler, der im Buch ebenso namenlos bleibt wie der Grossvater, war es als Kind verboten, ihn zu betreten, was natürlich Grund genug war, so oft wie möglich gemeinsam mit der Schwester Luisa und dem Cousin Marco hinzugehen. Denn: »Der Dachboden sah immer gleich aus. Da wurde nichts hinzugefügt oder weggenommen, alles war und blieb an seinem Platz. Das schaffte von Anfang an Vertrautheit. Für den Dachboden schien die Zeit nicht zu existieren, er hatte etwas Unverletzliches, Unsterbliches, Ewiges.«

Den in der Originalausgabe des Romans folgenden Satz »Ich weiss nicht, ob es bedeutungsvoll ist, dass ich mir, falls überhaupt, unter Heimat nur diesen Dachboden, keine Nation, keine Region, keine Stadt, wirklich nur diesen Dachboden vorstellen kann« hat Franzetti für die hier vorliegende durchgesehene Neuausgabe gestrichen. Wohl auch, um gewisse Missverständnisse auszuräumen, wie sie 1985 beim erstmaligen Erscheinen des Buches in einigen

Rezensionen auftauchten, die von Heimatverlust handelten.

Trotz seines zweisprachigen Aufwachsens mit einem italienischen Vater und einer Schweizer Mutter und italienischen Einsprengseln in seinen Büchern versteht und verstand sich Franzetti nicht als Sprachrohr für Einwanderungsfragen. Dafür ist der 1959 in Zürich geborene Autor, der Germanistik, Romanistik und Soziologie studierte, von Anfang an zu sehr Schriftsteller gewesen. Es gehe ihm nicht darum, schrieb Franzetti 1999 in einem Essay, Realität abzubilden, sondern mit nichts als Worten eine neue Welt zu erschaffen. Natürlich spielt bei Franzetti – wie bei jedem Schriftsteller, der diese Bezeichnung verdient – das Wissen um das Fragmentarische unseres Daseins eine Rolle. Zudem mag die Erfahrung einer Nichtdazugehörigkeit in alle Richtungen (Italiener? Schweizer?) – zeitgeistig spricht man heute von Hybridität – prägend gewesen sein. Doch Schreiben hat, wie Mario Vargas Llosa in seiner Nobelpreisrede sagt, immer auch mit einem »Protest gegen die Unzulänglichkeiten des Lebens« zu tun – und mit einem Manko. Dieses kann soziale, ökonomische oder individuelle Gründe haben, es kann mit einem Todesfall, mit Verlusten zusammenhängen oder eben mit Fremdheit – nicht nur im geographischen Sinne.

Alles beginnt im *Grossvater* mit Bildern und mit einer Frage, sie lautet zunächst nicht, wer, sondern wo der Grossvater ist. Der Erzähler ist auf der Suche nach einer Fotografie des Grossvaters. Dieser starb, an die zwanzig Jahre dürfte es hersein, als der Erzähler noch in der Volksschule war. Schliesslich wird das Bild, und mit ihm auch die Grossmutter, »unter den Prospekten einer Warenhauskette« gefunden. Es zeigt einen einfachen, trotz der kräftigen Hände sanften Mann, der in die Kamera lächelt – und es zeigt eine abweisend wirkende Frau. Ausgehend von diesem und einem anderen auf dem norditalienischen »Dachbodenexil« hängenden Bild, das den Grossvater in der Alpino-Uniform zeigt, in der er in den Ersten Weltkrieg zog, blendet der Erzähler im ersten, mit »Erinnerungen, Bruchstücke« überschriebenen Romanteil zurück in seine Kindheit. Es sind Erinnerungen an Dachbodenabenteuer, Eidechsenjagden, Grossvatergeschichten, an kurze Ferien und lange Abschiede und an die Wortlosigkeit, zuweilen auch die Aggression, mit der die Grossmutter ihrem Mann gegenüberstand. Der Grossvater ertrug das – und nicht nur dies – mit einer gusseisernen Geduld.

In »Stationen, Episoden«, dem zweiten Teil des Romans, wechselt die Erzählhaltung von der Ich- in die Duform. Ausgehend von den spärlichen Informationen, die er über ihn hat, stellt sich der Erzähler vor, wie das Leben des Grossvaters gewesen sein könnte: »Ich habe eine bestimmte Vorstellung von dir, von dieser Vorstellung will ich ausgehen und sehen, welche Geschichten zu dir passen. Du warst ja selbst ein grosser Erzähler.« Es sind Geschichten aus einer archaischen Welt, in die der Grossvater 1875 geboren wurde. Einer Welt, in der vor allem der Name Falcetta eine Rolle spielt. Die Falcetta sind die Feudalherren im ländlichen Limoli, ihnen gehört das meiste Land, dazu kontrollieren sie als Besitzer eines Bauunternehmens und der einzigen Fabrik des Ortes alle Arbeitsplätze. Der Grossvater wird sich bei den Falcetta als Maurer verdingen und mit Ausnahme einer kurzen Episode in Zürich, wo man Maurer für die Erweiterung des Bahnhofes braucht, ein Leben lang für sie arbeiten. Währenddessen kommt der Erste Weltkrieg, zwanzig Jahre darauf kommen und gehen die Schwarzhemden, doch die Falcetta bleiben. Die Falcetta dieser Welt bleiben immer.

So erzählt die Geschichte des Grossvaters auch von einer Zeit, die der sonst so hellsichtige Pier Paolo Pasolini (1922–1975) in seinen *Freibeuterschriften* in Anlehnung an einen Begriff Felice Chilantis als »Zeitalter des Brotes« verklärte. Er sah in ihm eine Art heile, unversehrte Gegenwelt, nicht nur zu jenen politisch bleiernen Jahren der Andreotti-Ära, sondern zu einer Zeit, in der Pasolini schon wieder viele, diesmal allerdings als Konsumenten uniformiert, in eine falsche Richtung rennen sah. Enden wird das alles bei Berlusconi, mit dem sich Franzetti 1996 als Rom-Korrespondent des *Tages-Anzeigers* im Band *Die Sardinennacht* auseinandersetzen wird.

Doch zurück zur Fiktion und zum dritten Teil des *Grossvater*-Romans. Abermals verändert Franzetti die Perspektive, indem er vom Du zum kollektiven Wir wechselt. Zu diesem Wir gehören neben dem Erzähler, seiner Schwester, dem Cousin und dem Grossvater auch andere, im Verlauf des Romans kurz angetippte Figuren. Roberto, der Sohn des Grossvaters etwa, der im Zweiten Weltkrieg starb, Ferruccio, der einzige Linke und Gewerkschafter, den Limoli je hatte, er kam auf einer Zürcher Baustelle ums Leben, dazu der junge Falcetta, der bei den Faschisten eine steile Parteikarriere hinlegte, und vor allem Innocente. Er ist ein

Freund und Altersgenosse des Grossvaters und eine Figur, die für die poetische, progressive Gegenwelt steht, um die es in diesem Roman – auch – geht. Innocente malt, wie es an einer Stelle des Romans heisst, »die Dinge nicht, wie sie sind, sondern wie ich sie sehe«. Er zeigt in seinen modernen, expressionistischen Gemälden, was unter der Oberfläche liegt, das freut in Limoli nicht alle.

Im furiosen Finale des Buches, das Franzetti auf einigen wenigen Seiten ausbreitet, gehen Vergangenheit, Gegenwart und Zukunft ineinander über, es wird ein Traum gelebt und ein Leben geträumt, die Splitter formen sich für einen Wimpernschlag zu einem grossen Ganzen. Es ist still am Ende des Romans. Der Grossvater sagt, er müsse gehen. »Wohin gehst du? fragten wir. Nach Hause, sagte er. Dicht trat er an uns heran, zog uns hoch und umarmte uns (…). Noch immer lächelte er. Wir schauten ihm nach, wie er kleiner wurde und kleiner, bis er nur noch ein schwarzer Punkt war in der schwarzen Nacht.«

Franzetti sorgte 1985 mit seinem Debütroman für einiges Aufsehen. Und vielleicht ist diese Neuauflage eine gute Gelegenheit, zum Abschluss noch kurz literarisch in jenes Erscheinungsjahr zurückzublenden. Canetti hatte gerade den dritten Band seiner Autobiographie publiziert, Dürrenmatt legte mit *Justiz* wieder einmal einen Kriminalroman vor, und Thomas Bernhard schwang sich mit *Alte Meister* in neue Höhen der Österreichbeschimpfung auf. Ausserdem diskutierte das Feuilleton, angeführt von Zeremonienmeister Marcel Reich-Ranicki, gerade heiss, ob es sich bei Handke tatsächlich um einen »Heino der Metaphysik« handle, wie die *Frankfurter Allgemeine Zeitung* geschrieben hatte. 1985 war aber auch das Jahr, in dem von der Robert Bosch Stiftung zum erstenmal der Adelbert-von-Chamisso-Preis für »deutsch schreibende Autoren nichtdeutscher Muttersprache« vergeben wurde, der Preisträger des Jahres 1994 wird übrigens Dante Andrea Franzetti heissen. Es war aber auch eine Zeit, in der die Literatur eingewanderter Autoren (oder solcher mit nichtdeutschen Namen), es gab deren im deutschen Sprachraum noch nicht viele, unter dem Begriff der autobiographisch motivierten »Betroffenheitsliteratur« abgebucht wurde. Was dazu führte, dass ihre Bücher mit dem Label »Ausländerliteratur«, »Gastarbeiterliteratur« oder »Literatur ohne festen Wohnsitz« versehen wurden und so, wie die Literaturwissenschaftlerin Immacolata Amodeo etwas polemisch in einem Aufsatz schreibt, »neben den Texten von Frauen, Homosexuellen, Gefangenen und anderen vermeintlichen Randgruppen« zu stehen kamen.

Die Rezensionen zum *Grossvater* fielen mehrheitlich sehr positiv aus. In den Feuilletons merkte man sofort, dass mit Franzetti ein junger Autor die literarische Bühne betreten hatte, der erzählt, als gäbe es nichts Leichteres auf der Welt. Und doch blieb das Buch von mancherlei Zuschreibungen nicht verschont. »Deutsche Prosa eines Italieners«, untertitelte die *Süddeutsche Zeitung* ihre Rezension, um im Text immerhin darauf hinzuweisen, dass diese Prosa »makellos« sei, »einfach und schön«. Beatrice von Matt hingegen glaubte in der *Neuen Zürcher Zeitung* irrtümlich, eine aus »Heimatverlust« resultierende »Sprachnot« auszumachen, die thematisiert werde.

Mehr als fünfundzwanzig Jahre sind seit dem erstmaligen Erscheinen des Erstlings vergangen und zwölf weitere Bücher von Franzetti erschienen. Dass *Der Grossvater* nun, nachdem er lange vergriffen war, wieder aufgelegt wird, ist schön, auch weil das Buch in vielerlei Weise aktuell geblieben ist. Denn diese Geschichte über eine Abwesenheit, und abwesend können Grossväter und Väter auch sein, wenn sie im nächsten Dorf oder in derselben Wohnung leben, spricht nicht nur von Oligarchentum, sondern von der gesellschaftlichen und historischen Bedingtheit dessen, was die Leute in Limoli – und nicht nur dort – gern als »Schicksal« bezeichnen. Ein Punkt, der wichtig ist. Gerade heute.

Stefan Gmünder

Dante Andrea Franzetti im Lenos Verlag

Zurück nach Rom
199 Seiten, gebunden, mit Schutzumschlag
ISBN 978 3 85787 426 0

»Bald hingetupft, bald in eiligen Strichen – dem Tempo der Stadt entsprechend – gestaltet Franzetti das Porträt der Stadt und ihrer Bewohner.«
Neue Zürcher Zeitung

Dante Andrea Franzetti im Lenos Verlag

Roger Rightwing köppelt das feingeistige Tischgespräch
111 Seiten, broschiert
ISBN 978 3 85787 762 9
Lenos Pocket 162

»Witz, Spott, beissende Satire, Seitenhiebe auf alle Seiten, sarkastisch, zynisch, komisch, freundlich. Alles sympathisch überzeichnet. (…) Auch wenn es den steifen, selbstverliebten Roger Rightwing nicht gibt: vieles ist wahr an der Geschichte.«
Journal21